千里千寻

qianli
qianxun

马进 著

江苏大学出版社
镇江

寻一片瓦尔登湖
（代自序）

世界上只有一片叫瓦尔登的湖,世界上的每一个人都在寻找自己的瓦尔登湖。

是的,如果人很难在生活里找到自己需要的东西,不妨走近自然,倾听自然的话语。就像瓦尔登湖,用无欲的深沉告诉我们,人生的泥潭在哪里;用自然可得的清澈告诉我们,诗意的栖息地又何处寻。

据说,以梦为马的诗人海子去山海关自杀时带着 4 本书,其中有一本是亨利·戴维·梭罗的《瓦尔登湖》。

《瓦尔登湖》是一本静静的书,一本寂寞的书,一本孤独的书,一本恬静、智慧的书。如果你的心没有安静下来,恐怕你很难进入到这本书里去。它只适合在寂寞和恬静时阅读,静静地读,心无杂念、心如止水地读。我想,从这个意义上来说,《瓦尔登湖》是属于心灵的。

1845 年 28 岁的梭罗撇开金钱的羁绊、名誉的桎梏,在距离康科德城两英里的瓦尔登湖畔自己动手搭建了一个小木屋,自耕自食,开始了一段远离世俗尘埃接近原始人状态的"返璞归真"的生活,也给我们留下了清新自然、纯洁智慧的文字。《瓦尔登湖》便是他对两年又两个月林中独住生活的所闻所见所思。

读《瓦尔登湖》中梭罗的流水账就像读一首诗。梭罗的手不仅拿笔,也拿斧子,梭罗的眼睛不仅看书,也看绿树、青草、落日和闪动着波光的湖水。他的脑子自然也在思考,是在接近思维之根的地方思考,在那里大概也埋着感觉之根、情感之根。瓦尔登湖不仅是他生活的栖息场所,也是他精神的家园、心灵的故乡。瓦尔登湖是他在喧嚣的世界中寻得的一个幽雅僻静的去处。这个地方不仅给他提供了思考的空间,也给他提供了一种朴素淡泊的心境。他在这里观察、倾听、感受、沉思,并且梦想。

在梭罗短暂的一生中,他试图鼓励人们要简化生活,将时间腾出来深入生命,品味人生。他通过自己的生活实践,告诉世人不要被繁纷复杂的生活所迷惑,从而失去了生活的方向和意义。他认为:假如人们能过宇宙法则规定的简朴生活,就不会有那么多的焦虑来扰乱内心的宁静。梭罗在书中这样表述:"不必给我钱,不必给我名誉,给我真理吧。给'我'什么真理?我想,这真理该是:热爱自然,创造生活。"

世外桃源是心灵美好的向往,现实中却难以寻觅。现代社会,科技的进步、经济的发展,使新产品、新享受不断增加,人们得到更多的物质财富。但是,速成的宽阔而高速的道路没有拉近人们之间的距离,快速的经济发展没有增加人们的幸福指数,随着生活节奏越来越快,反而加速了自我迷失的进程;精神生活的贫乏使人丢失了思想,对于人生的目标迷茫而困惑,金钱的富足没有买到心灵的真需要。活着,享尽物质似乎成了终极目标。现代生活中喧嚣、浮华、功利的一面,逐渐侵蚀着心灵的绿洲,不知不觉,我们的心灵变成了一片死寂的沙漠。我开始寻找,努力去寻找着一汪清泉,寻一片瓦尔登湖。

我真向往瓦尔登湖的简单生活,在简单的木屋中欣赏每一个黎明;在澄澈的瓦尔登湖畔欣赏每一个日落;在大自然中聆听四季的脚步;在森林中与婉转的黄鹂相伴,这将是多么美妙!

从我来讲,并不适合仕途,倒是可以做点学问,搞些研究,或继承父母的衣钵去教书育人。1986 年市级机关秘书招考,在同年代人还"迷糊"的时候,我却像迎风的鸿鹄,冲向了天空,"误入"仕途。在你争我斗的名利场,曾流传着这样的名言:"狭路相逢勇者胜,勇者相逢智者胜,智者相逢狂者胜。"但我的字典里从没有"狂"字。要知道,其实不是谁都能狂的,除非你是台上的主角,或有后台或许可以。更多的人却是在夹着尾巴做人,磨掉棱角,安分守己做个没个性的人。直如弦,死道边;曲如钩,反封侯。虽然生于佛道文化充分浸淫的地方,但我所实践的是孔孟之道,入世深,且骨子里有些桀骜不驯,口不愿言阿谀之词,不为五斗米折腰。我没有后台,只有脊梁。出人头地既要有平台也要有后台。有了平台才能展示,但没有后台,则前面的路是一片荆棘,杀出一条血路来成为英雄的有,但少之又少。这便是"人治"社会的现实。

现代生活给人生存制造了几乎随心所欲的舒适,水泥建筑抒情地摩天,水泥路面光洁少尘,而活在当下的人们,却往往是人在江湖身不由己,有很多的无奈和隐忍,我们被迫生活得这样周到和认真。一场地震发生在 2008 年 5 月 12 日。同年同月同日,我被派到饭店做总经理,不讲任何条件,吃苦受累,义无反顾。我和梭罗一样被看作是一个异类。

梭罗从高尚的工业文明回到原始的乡村,那可不是"艰难"两个字可概括的。梭罗注重生活的自由,他喜欢在大自然中过简朴的生活,这是他对自由、对个人价值执着追求的表现。他并不在意某一种外在的生活方式,他只是想生活得随便、简单、自在。想到瓦尔登湖边的山林时,就来了,觉得住够了时,就又走了。他要自己绝对自主,也要每一个人都绝对自主。我是我自己。

而我,一个局领导"登堂入室"做了自己做一千个梦也想不到的饭店老板,五味杂陈,彻夜不眠。责任,压力,思路,还有委屈,烟一支一支。整整 8 个月,从早晨 8 点到夜里 10 点,每一刻,我都像一名冲锋陷阵的战士。那种天天陪酒说好话的日子,这桌子敬酒,那桌子也要敬酒,在别人躲都来不及的哄闹间穿梭,一个心比天高的人,一个敏感自洁的人,酒杯里是不是和了泪谁能知晓? 自己却一往无前,因为这是我的责任。我不下"地狱"谁下"地狱"? 天将降大任于斯人也,必先苦其心志。

我就那么痴情地完美着自己的人生,践行着自己的承诺,吃苦流汗痴心不改。心疼是家人的事，是亲朋的事，我只心领。多少年过去了，我坚持着自己认为应该坚持的，坚持着别人坚持不了的，坚持着别人不愿意坚持的，独善其身。虽然很多时候，跟这世界显得格格不入，但我无怨无悔。

世界上有比金钱名誉更宝贵的东西，有比生活更高尚的人生，那便是一颗真诚有爱的心和平和端正的人生态度。梭罗是喜欢孤独的，他常常只是一个人。他认为没有比孤独这个伴儿更好的伴儿了。但他是精神上的富有者，他贡献给我们的是一种生活的智慧。

我的生活智慧并不见得多么出色，但在内心终于找到了宁静。这天这地，这包围我们的一切是个大江湖，既然无法往来无白丁，盈耳有丝竹，那不妨隐逸在这个江湖里修身养性。我坚持写作，文如其人，言为心声。我喜欢古典音乐，倘若再加上一些悲凉色彩，则会沉湎于流淌的音乐里，忘了归去。我最喜欢的音乐是雅尼的《夜莺》，在那如泣如诉的优美旋律里如痴如醉，放飞思绪。我不信佛，不喜欢说出世，一个人从对入世有所求到无所求，这是一场艰难的心路历程。在这个丰富多彩的时代里，要一个人对生活无所求，那是苛刻，但对所求多一些节制，则是理性。我们无法也无需戒绝自己对生活的所求，但同时是否也该有些出世的精神来面对这个不复简单的世界？让心沾染一点儿瓦尔登湖湖水的静谧清凉，多一分恬淡与洒脱，少一分浮躁。

我们每个人都可能有一块真正属于自己的地方。它不仅是我们身体的栖所，也是我们心灵的故乡，精神的家园；它给我们活力，给我们灵感，给我们安宁。每个人心中都有一片瓦尔登湖。只有那一片湖水，才会让自己的心沉静下来。在那一抹静中，寻求自己的那一方净土。瓦尔登湖，梭罗的湖，我心中的湖。

2013 年 10 月 15 日

目录

第一辑

第二辑

生活，在人生的长河中不要过多地怜惜我，

只要度过的每一日在诚实的角逐中取胜，

我就能从痛苦中求得欢乐，从疲劳中求得满足。

希望，就在你左右

在人生的道路中，应是左边种植梦想，右边种植真实，随时采撷，收获希望。

——题记

招考干部，在 1986 年的那个时候，人们颇感新鲜。"科举制"，中国古代延续千年的官吏选拔制度，我还能依稀记得其中有个"范进中举"的故事。"公开考试，择优录用"，西方国家借鉴我国古代"科举制"建立的以其为主要特征的近代文官制，在发源地中国却一度变成了陌生的东西。

今天的招考，是历史周期性的回归？抑或是螺旋式的上升？带着几分疑惑，几多迷惘，在那年的初夏，抱着不妨一试的朦胧心理，我报名参加了镇江市市级机关招考文字秘书的考试。

期望值极小，"中"了不期而然——竞争带来机遇

我，工人身份加上大集体性质，既无文凭，更无"关系""靠山"，能"中"吗？人说期望越高，失望就越大。还是不抱多大指望为好。

报考后，那时连考试是什么范围、考哪些课目也不知道，加之忙于手头工作，结果一天也没有复习，我就稀里糊涂地上了考场。难得参加那样正规的考试，难免缺乏考场经验，我自感没有考出应有的水平，也就更没有任何奢望了。直到来人到我所在的厂子里考

察、政审，我仍不以为然。

出乎意料，随后我果真收到了录取通知，心情久久不能平静。是啊，在公开、平等、竞争、择优面前，谁能说机遇对于每一个人不是均等的呢？

当时，一同录取的有 29 人。后来我才知道，报名者近 2000 人，仅参加考试的就有 1380 人，而持有正规"文凭"者更是数以百计。我既感到欣慰，又觉得惭愧。惭愧的是其他被录取者的学历层次大都较高，像我这样的高中生，又毕业离校 10 多年的，绝无仅有；欣慰的是，公开招考给我带来了参与公平竞争的机会。

巴尔扎克说得好：

"机会来的时候像闪电一般短促，全靠你不假思索的利用。"

十年寒窗未受"苦"，亡羊补牢犹未晚——勤奋伴着希望

十年动乱中长大的我，由于生不逢时，荒芜了学习的黄金时段，落得个"高中文凭，小学水平"的结果。

1976 年底，当我踏上社会，命运又一次捉弄于我，再没有想到，不满 17 岁形单力薄的我，被分配到县里的一家工厂烧火炉。就那沉重的铁"火把"，开始时，我使出吃奶的力气，也举不起来。后来，我又被调遣去当过杂工，做过机修工。但我不管到哪里，都笔耕不辍，以显示、发挥自身的特长。

命运终于有了转机。一次偶然的机会，我被调入厂政工科做文书工作。此后不久，转到了文字秘书岗位，面对这份崭新的工作，我汗颜了。那一刻，我仿佛大梦初醒，认识到自己的浅薄无知，力不从心。

知贫乏而后奋起还来得及，因为我毕竟还年轻。强烈的自尊心，旺盛的求知欲，沉重的责任感，催动我在知识的海洋里上下求索。那时，厂里每年都有推荐上大学的机会。我一心想去上大学。我认为，这是实现自己理想的重要途径之一。但厂里领导又不同意，说"工作需要走不开"。

不能守株待兔坐等机遇，只有勤奋刻苦，边工作边学习，干中学，学中干，才能走出一条自己的路来。我毫不吝啬地花用微薄的薪金，日积月累地购买各种书籍，以增加精神食粮，从中汲取营养，丰富人生阅历。除了在工作实践中加强学习外，我坚持利用业余时间系统地自学文秘基础理论知识。

知识的春风雨露的沐浴，给我带来了生机；实践中的锻炼，更使我增长了才干。我用勤奋换来了一块希望的"处女地"。八年左右的时间里，我在厂里撰写了调查报告、经验总结以及其他体裁的文字材料计100余篇，50余万字。其中，被上级单位采用的有20余篇，另有20余篇新闻报道被多家新闻单位采用。这期间，我不仅光荣地加入了中国共产党，还先后担任了厂人秘科科长、办公室主任、厂长助理、党委办公室副主任、机关党支部副书记等职务。

莎士比亚有句名言：

"在灰暗的日子里，不要让冷酷的命运窃喜；命运既然来凌辱我们，我们就应该用泰然的态度予以报复。"

我们不妨有种"我冀我存在"的精神。我有希望因为存在；我存在因为我有希望。后来的日子里，县工业局、县政府办公室等部门几次欲调我到机关去做文字秘书工作，但因我的工人身份、大集体性质，加之厂领导的不予放行，最终只得作罢。但从那时起，我已不再有过多的失望，因为，我已不再像一条失掉帆和舵的小船，在大海中漫无目的地漂流了。

希望的田野上，只管耕耘不问收获——希望催人奋进

招考录取后，我于1987年被分配到市级机关工作，开始在一片新的希望的土地上默默地耕耘、播种。在这块肥沃的土地上，我顽强地吮吸、生长。多年来，我先后在全国性和省级报刊以及各种学术交流研讨会上发表各类文章数百篇；在市级报刊上发表文章近百篇；有多篇论文获奖；被邀请参加全国性有关学术研讨会；连续多年

被评为"全省人事宣传先进工作者";在机关工作人员年度考核中，连续多年被评定为"优秀"等次，并被"记功"和"嘉奖"。

多年从事文字工作，我不晓得有过多少春秋冬夏，经常起五更睡半夜，寝食不安，有时通宵达旦地捉刀弄笔，不知白天黑夜，没有节假日，无怨无悔地辛勤劳作。在繁忙的工作之余，我紧紧抓住时间的缰绳，催动自己在书山之径孜孜不倦地求学、求知，读完大专，读本科，又读到研究生毕业。

记得穆尼尔·纳素夫说过：

"人生之路到处充满着希望。希望，如同埋在土地里的种子；希望，深藏在赶路者的心中；希望，是人们对人生的渴望，对美好未来的向往。"

我们这一代人不是什么时代的幸运儿，三年自然灾害之际刚呱呱坠地，十年动乱的岁月又被耽误了学业，振兴的年月开始醒悟，即使付出加倍的努力，也常常自感赶不上时代的步伐。但正是靠承受着这样的压力，才促使自己去奋发、拼搏，把危机感化为不畏崎岖艰难、顽强登攀的时代精神！不要以为我是在炫耀自己，我过去所做的一点努力是微不足道的；人在仕途，也并非都是"春风得意"、轻歌曼舞、一路鲜花。我只想说，生活，在人生的长河中不要过多地怜惜我，只要度过的每一日在诚实的角逐中取胜，我就能从痛苦中求得欢乐，从疲劳中求得满足。

生活就是一方沃土，你播下什么，你就收获什么。收获的喜悦不是我们每个人都能够领略到的，但是，播种的心情则是我们大家所共享的。我们只有播下坚定的信念，播下坚韧的品质，播下不灭的希望，才能收获鲜花和果实。生命是有限的，但希望是无限的，只要每天都能播种一个希望，我们就一定能够拥有一个丰富多彩的人生。

初稿 1992 年 7 月，二稿 1998 年 2 月，三稿 2007 年 1 月

名　片

　　薄薄的名片，正面只有一个光秃秃的名字，魏碑体，方方正正。人的一生往往难以钻出是是非非的名利圈，一旦走出名利场你追我逐的一片烦嚣，便获取一份宁静、洒脱。一个人光溜溜地来到这个世界上，名利都是身外之物，生不带来，死不带去。抛开所有面具、包装，在人们眼里唯有那原原本本、堂堂正正的人。

　　淡淡的背景，映衬一张孤零零的办公桌，恬恬静静。人生在世，放不下的是名利，耐不住的是寂寞。只知耕耘，不问收获，甘受寂寞，方能心静如水，无怨无悔，感知生活之乐趣，领略天地之宽阔。

　　空空的背面，留下几行真真切切的地址、邮编、电话号码，清清白白。人前不必自吹自擂、装腔作势，身后留下的是一段真实与清白。

　　小小的一方名片，录入整个心灵的独白。淡泊明志，宁静致远，坦荡、豁达、超然的境界，永远是你的追求。

1996 年 5 月

锥　子

锥子没有两头快。倘若两头尖,两头都快,好似锋利无比,却是只能看,不能用了。玉卮无当,虽宝非用。任何事物都是相辅相成的,有无相生,难易相成,长短相形,高下相倾。天地无全功,圣人无全能,万物无全用。天下没有包治百病的灵丹妙药,世上没有十全十美的完人。"万金油"到处可搽,真正治病又派何用场。人有所优,固有所劣;人有所长,固有所拙。弃其所短,用其所长。

锥子认准一头快,即便不中看,但求中用。人有不为也,而后可以有为。有得必有失,有所失方能有所得。要成就某项事业,必须舍弃某些东西。人生苦短,世事纷繁。少一些无益、无味、无聊的应酬、交际,丢掉坛坛罐罐、鸡毛蒜皮,脱离低级趣味、蝇营狗苟,把有限的精力、时间省下来,才可能做一点事。

锥子磨尖才能快,好钢总在锋尖上,锥处囊中也无妨。坚金砺所利,玉琢器乃成。恃自直之箭,百世无矢;恃自圆之木,千世无轮。铁中铮铮,来自锻炼;庸中佼佼,出自磨砺。千锤百炼皆经过,次第春风到草庐。

1996 年 6 月

昙　花

昙花一现,生命虽很短暂,却创造出一段令人叹为观止的辉煌。

月光沐浴下的昙花,那含苞待放的骨朵,雄姿勃发,皎洁饱满,光彩夺目,犹如每一个呱呱坠地的生灵紧握着的一双双小小的拳头,显示着生命的力度、生命的庄严和对生命的把握与期待。

她在美丽的期待中奋争,在顽强的奋争中期待,期待着那辉煌时刻的到来。

夜阑人静,昙花所有的花瓣都在以一种奔放的力量向外怒放。

在这样一个温馨的夜晚,一对对情侣沉浸在玫瑰色的伊甸园,无数辛勤劳作的人们已进入香甜的梦乡……而对昙花来说,这恬静的夜意味着紧张、繁忙和默默地奉献。此刻,她用一滴滴晶莹的汗水和自己殷红的心血,孕育出那玲珑剔透、硕大鲜丽的花朵,创造了自己生命的全部价值。

当黎明唤醒人们的晨梦之时,昙花凋谢了。

她默默地含笑而开,悄然离去,不与百花争艳斗奇,就像那些默默无闻的幕后工作者,台上从不见他们出头露面的身影。

把握生命,创造美好,默默奉献,用生命中最闪亮的那一段来回报养育生命的这块生生不息的大地,这就是昙花的品格。

1996 年 7 月

金牌絮语

拿起笔又搁下，放下的笔又重新握起，心中久久抹不去的是奥运会那悲壮动人的一幕。

射击场上王义夫以 0.1 环之距、游泳池中刘黎敏以 0.01 秒之差在第二十六届奥运会上功败垂成，痛失金牌，令人扼腕。

这就是赛场强者间的搏击，这就是实力的较量，无可厚非。

竞争是无情的，甚至是残酷的，而比竞争更为无情、更为残酷的是五环旗下的不公平。

"还我金牌！"

这是一位含冤 71 载曾被誉为"世界上最伟大的运动员"的临终遗言。

1912 年瑞典斯德哥尔摩奥运会，美国黑人奇才吉姆·索普获得五项全能和十项全能两项第一，因美国奥委会否定他业余运动员的身份，被追回奥运金牌，成为美国种族歧视的牺牲品。

政治阴影，金钱铜臭，奥运赛场也没有绝对的公平。

跳水的熊倪、击剑的王会风等都领教过裁判的"厚爱"；李小双以高超完美的动作完成比赛，本应获得的金牌，却被个别裁判"换"走了；中国女子垒球队与美国队的争雄，李敏宽教练找裁判据理力争，无奈裁判不予理睬，霍忠明教练蹦着向裁判表示抗议也没起任何作用……

不知是哪位运动员说过，中国选手获得的每一块金牌，都要比别人付出更高的代价。

是的，我们看到熊倪凭着自己无与伦比的实力，技压群雄，在第26届夏季奥运会上终于征服了所有的裁判，重圆了八年前的"金牌梦"。

而当熊倪站在那高高的领奖台上，却显得异乎寻常的平静。你为何不欣喜若狂？

从八年前那稚气未脱、充满锐气的翩翩少年，到如今平静深沉的目光，似乎折射出历经拼搏后的成熟；这忧郁的眼神，仿佛穿透了奥运百个春秋的风风雨雨……

1996 年 8 月

靶　子

　　靶子,沿靶心向外围一圈一圈,环环犹如人生。人生如旅,总是在弯弯曲曲的行进中一步一步地走完真实的一生。人在旅途,往往是人生的过程远不及目的和结局被人们看重;训练场永远不及领奖台引人注目。然而,任何目标愿望的实现,都必须有一个过程。

　　一日,竟"心想事成",单位组织去打靶。记得三十多年前,那是个全民皆兵的年月,学校搞军训,把学生拉到一个深山沟里打靶,那是我第一次摸到枪,手脚都在冒冷汗。我上了靶台,就地一趴,两眼一闭,伸手猛扣扳机,子弹则早已不知飞到哪里去了。一旁的解放军战士纠正我的姿势,告诉我不用紧张,眼睛要瞄准靶心。我索性睁开双眼,朝着靶子不管三七二十一又放了一枪,无疑子弹又不着边际地飞了出去。在一旁的战士无奈地摇了摇头。

　　事隔三十多年,这是我又一次上靶场,想不到仍然没有长进,还是老毛病,就是不会"睁一只眼闭一只眼"。一名战士在一旁伸出了手掌,悄悄地蒙上了我的一只眼睛,一阵"乒乓",居然五发五中,且发发都在八九环,随即换来了一阵喝彩声。

　　此刻,置身靶场的我,却丝毫没有"胜利者"喜悦的陶醉,而竭力使自己不宁的心绪重新回归到人生的起点,找回那失落的自我。生活中,有的人往往被表面现象所迷惑,"只看结果,不管过程"。因此,便出现了弄虚作假骗取名誉、花钱买名欺世盗名等,犹如掩耳盗铃,骗人又骗己。不要说真相戳穿后名誉扫地,即使弄个虚名,达到目的,对自身又有何益处? 除了虚荣心得以一时满足之外,依然空空如也。

靶场上的枪声、欢呼声此起彼伏,好不热闹。靠别人捂住一只眼睛射完五发子弹,我已索然无味。有实力才会有真实的生命。我们每个人都是紧握着拳头用一声啼哭来这个世间报到的;然后学会了慢慢地睁开双眼稚气地看这个世界;日后经过文明的熏陶,渐渐长大,社会和父母教会了我们许多做人之道。有些天性聪明者逐渐丧失了那种纯真朴实的本性,学会了"睁一只眼闭一只眼"的精明乖巧,在人生的舞台上,鲜花簇拥,掌声四起。但我甘于守着自己的这份自然天性。我们不可能总是闭着眼睛生活,"睁一只眼闭一只眼"又让人生活得太累、太沉重了,我愿意睁开双眼生活得轻松自如些。

一稿 1996 年 11 月,二稿 2006 年 6 月

多雨的江南

> 江南是雨的摇篮,江南是雨做的江南。在江南的纷纷雨季,你离开京城,踏上陌生的故乡路。无边的丝雨,忧郁的眼神,湿漉漉的心绪。风雨中见你泪眼蒙眬,那份对故乡的一往情深令人动容,淡淡的回忆袭来,寄给远方的你……
>
> ——题记

胡马依北风,越鸟巢南枝。故乡故土的情结总是深深地植在每一个炎黄子孙的心间;即使未曾踏上过故乡土地的下一代人,在观念上也仍然牢牢地认同自己的根。你说,你的父辈总是时常念及故乡故土,祖籍故乡早已令你神往。当得知报刊社将去自己的故乡组稿,你怎能错过这天赐良机。

江南三月,正值多雨的季节。你离开京城,踏上陌生的故乡路,来到父辈眷恋的那一片故土。风雨中东奔西颠,一晃过去几天,约稿总不见着落。你显得非常着急。我不住地宽慰你:绝误不了你的归期。看我一副毫不经意的样子,你方才心里有些许踏实。我独自一人回到家中,闭门谢客,沏好茶,备足烟,一个通宵加一个白天的闭关自守,数篇稿万余字一气呵成。你总算如释重负般长长舒出一口气。那一天的晚餐桌上,我们说呀,笑呀,唱呀,借酒尽情地来宣泄。你恬静得像一汪湖水的颜容,也被激起浪花重重。

走进多雨的江南,看江南多雨的风情,很美、很醉、很抒情。忙里偷闲，陪你在故乡的山水洞天到处走走。雨总是下个不停，下个不停……为你置把遮雨伞，你却偏偏收住伞在雨中走，任凭风吹雨淋。猜不透你用什么样的心情在寻自己回归的故乡。噢，这忧郁的天气！故乡的风，故乡的雨，为何总是不停不住，为何不让你拥有温馨的感觉。品一品地产的香茗，是否味重酽酽。尝一尝长江特有的时鲜水产，怎得硬要冒着一番"拼死"的历险。浓浓的乡情伴着杯杯盏盏的烈酒，真是更难为了你，怎忍让你醉倒在故乡的家门口。

乡情，在多雨的江南，是开在塘边的风姿绰约的出水芙蓉，也是素素雨伞下柔和忧郁的含露玫瑰。离开故乡的那一天，你沉默的神情掩不住丝丝忧郁，无奈笑容也寂寞。你还要到异乡组稿，我们驱车送上你一程。在异乡为我们举行告别宴，席间你缓缓起身举杯示意，无声地给我们同去的三人敬酒。二话没说，杯中酒我们抢先一饮而尽。你就杯微微连抿下三小口。你款款落座，一脸伤感。蓦然间，我看到你眼中的泪花，而我听不见你心底的话；立时你满面涨得绯红，眼眶竟像蓄满雨水，泪不住地下……你始终没有说一句话。同桌的人皆为之惊诧。

细雨霏霏，沙沙地飘落而下，亲吻着、哺育着大地的万物生灵。这千丝万缕的雨呵，这长长的思念，这悠悠的情思，迷恋了多少痴情的恋乡人。曾听你说过，母亲才过世不久，本打算清明节赶回去祭母。谁怎忍不让你尽上这份儿女孝心。唉！都怨江南这无情的雨季，断断误了你的归期。道一声：对不起，让你伤心走故乡。如果故里有心，天空就不该下雨；如果对故乡无情，就不会哭泣。

多雨的江南，水一样柔情的雨。走进多雨的江南，却走不出江南多雨的情思。你说，你还会再回来。难道你心甘情愿再吃二遍苦，重受二茬罪？你不怕多雨的江南让你再次流泪？什么话都不必说，在这个时候，只怕话一出口，就泪如溪流。

1997 年 4 月

句容如茶

离别句容近二十年，人走茶不凉。每临春季，家乡的亲朋好友总不忘捎来几斤茶。须臾不离的茶，常常勾起故乡故土的情结。在我的心目中，茶与句容有着不解之缘。每每看着那冲泡在透明茶具中、芽尖朝上、亭亭玉立于杯底、似雨后春笋的翠叶，便让我想起句容，念起句容，品味起句容……

句容如茶，历史悠久，独具魅力。句容，取名于"曲而有容"，得天独厚，那里有许多神奇之处。也许把句容比作茶，有人会认为是比小了，比轻了。那可能是你不太了解茶的历史，并未从中体会到茶的力量。茶在我们大多数中国人印象中，是一种恬淡自适，一种与世无争。但你可曾知道，茶叶，看似恬淡雅致，却引爆了鸦片战争和美国独立战争；看似平淡无奇，却开辟了一条贯通东西的茶马古道；一种普通的小小的叶子，却可以改变一个国家的命运，可以富国强兵。中国茶文化源远流长，博大精深，为中华民族之国粹。有人把茶列在四大发明之前来代表中国文明，因为其他发明都没有像茶这样广泛而深刻地影响了世界。茶真是神奇的东西，以它的独特魅力征服了世界。茶香飘处，收敛奢欲，洗心涤烦，振作向上，消除情乏，自我整合，人伦和谐，其乐融融。

句容是一座古老而又新兴的城市，就像已有几千年历史的茶文化一样古老，又像新冒芽的茶尖尖般的生机盎然。这座具有 2100 多年悠久历史的文化名城，是江苏省最早建县的 13 个文明古县之一。

句容物华天宝、人杰地灵,历代名人辈出,其思想恩泽后人,代代相传。句容人秉承了先贤的优秀文化,形成"朴素自然、热情豪爽、勤劳进取、吃苦耐劳"的品质。而今,依旧民风淳朴的句容,正向世人展示出更富有时代气息的独特面貌。

句容如茶,能屈能伸,刚韧并寓。知行知止唯贤者,能屈能伸大丈夫。茶是名副其实的大丈夫,能屈能伸,能落能起,拿得起、放得下。其实茶的一生是苦涩的,人们往往只看到茶叶冲泡伸展后那片刻的丰富、灿烂,而忽略了其背后在炼狱的大锅里被煎熬的过程,经受过热火的洗礼、"粉身碎骨"的程序之后,才百炼成茶,留下淡淡的苦涩的清香。然而无论经历多少历练,被裹在叶片里的茶芽都如同大丈夫的心,总是紧紧地收拢在层层包裹之中,积累一生的隐秘与痛苦也同样被自己牢牢收藏,从不与人言说……

生活中睿智如茶、甘美如茶、坚韧如茶的句容人,能承受纷繁尘世的侵蚀,保持天赋本色,在命运的河流中,无论波涛汹涌还是上下沉浮,他们都淡然自若,从从容容;在竞争与挑战面前,句容人以卧薪尝胆的毅力与勇气,敢于向强者低头,善于审时度势,为的是实现超越成大业。就像一支弹簧,你把它压得越低,放开它便会弹得更高;你把它拉得再长,它同样能缩回去。这就是句容人压不垮、折不断的韧性。"天行健,君子以自强不息;地势坤,君子以厚德载物。"句容人既有激烈、昂奋、粗犷、豪放的阳刚之禀赋,也有平和、寂静、清悠、素俭、精进的柔美之素质,阴阳共济,刚韧并存。

句容如茶,苦中作乐,有容乃大。品茶待客是中国人高雅的娱乐和社交活动,坐茶馆、茶话会则是中国人的社会性群体茶艺活动。中国茶艺在世界享有盛誉。茶之伟大,在于它把人生艺术化了,虽然只是在品茶的那一会儿,但那片刻的"优游"中用周作人的话说可抵"十年尘梦"。在茶面前,人们不分高低贵贱,都是"'忙里偷闲,苦中作乐',在不完全的现世享乐一点美与和谐,在刹那间体会永久"。记得有位作家说过,饮茶"第一道苦若生命,第二道甜似爱情,第三道淡如微风"。

茶以载道,在博大精深的中国茶文化中,茶道是核心。"一生为墨客,几世作茶仙"的陆羽,融合儒、道、佛诸家精华,首创中国茶道精神。茶道与中华传统文化可谓具有"厚德载物"之秉性。通过沏茶、赏茶、饮茶来修身养性、陶冶情操、增进友谊、学习礼法、品味人生、参禅悟道,达到精神上的享受和人格上的完善,达到天人合一的最高境界。传统文化、道家思想凝炼出句容人文精神。句容境内,南有道教圣地茅山,北有佛教律宗第一名山宝华山,体现了兼容并蓄、海纳百川的"包容精神"。句容人与时俱进,融合与升华这种"海纳百川,有容乃大"的人文精神,弘扬底蕴深厚的中华传统文化,追求超越性与和谐性的有机统一。

句容如茶,蕴涵潜力,蓄势待发。中国人饮茶,注重一个"品"字。茶叶冲以煮沸的清水,顺乎自然,清饮雅尝,寻求茶的固有之味,重在意境,这是中式品茶的特点。茶在杯中,上下漂浮,香气四溢,乍看上去一般无二,若想分辨优劣,还需用心去品。句容的"金山翠芽"、"茅山长青"和"宝华玉笋"等皆为中国名茶。真正的好茶经得起沸腾热水的考验。同样质量的茶叶,如用水不同、茶具不同或冲泡技术不一,泡出的茶汤会有不同的效果。因此,泡好茶,要了解各类茶叶的特点,掌握科学的冲泡技术,使茶叶的固有品质能充分地表现出来。

句容是茶,一蓬取之于深山茶树枝头的叶片,经过晾晒、烘烤、焙制等若干程序,业已神形具备,等候着那清纯之水、细润之水、甘甜之水来舒展她的筋骨,鲜活她的血肉,灿烂她的人生……我依稀听见了水沸之声,这音响仿佛茅山脚下若隐若现的军号声,正激荡起水雾中瀑布的回声、远处惊涛拍岸的回声、暴风雨拍打竹林的回声、远山松涛的鸣响……

茶之神、茶之韵、茶之趣,是句容受用不尽的宝贵的精神财富。

一个叫冈仓天心的日本人,在他的著作《说茶》里写下:

"释迦牟尼、孔子和老子曾经站在一坛子醋——生活的象征——面前,每个人都用手指蘸醋之后,放在嘴里品尝。注重事实的孔子说,醋是酸的;佛祖说,它是苦的;而老子说,它是甜的。"

尽管爱茶、品茶者众多,只可惜大都是品出了茶的味道,感悟出一些人生的味道,却没能把茶的品质渗透到自己的血液和骨头里。相信"句容精神"的孕育、延伸和拓展,必将有助于更多的朋友认识茶的有趣的面貌和内涵,认识趣味多端的茶文化,享受茶的芬芳和情趣,使不认识茶者对茶产生兴趣,使爱茶者更觉茶的可爱。

句容如茶,如茶的句容。沸腾之水滚滚冲来吧,让茶香浓浓地飘出来,让句容亭亭地立起来!

2005 年 6 月

清华园里曾研修

清华，学子眼中的圣地；清华，学子心中理想的殿堂。庭院深深深几许的清华园，被几代青年称为"令人神往的知识圣地""我青春的梦"。走进清华园，这是多少人多少年珍藏的一个梦想，实以为我这辈子再也无缘企及，谁曾料想，今年的 7 月却梦圆清华。有幸与清华结缘，重温学生时光，让我备感机会珍贵，机遇难得。

人生如河，短暂的清华求学时光，犹如长河泛起的美丽涟漪。清华园，一段美好的回忆，一段多么让人眷恋的时光！记录下在清华大学一个月的学习生活，我不敢写"清华园里曾读书"。毕竟我只是清华园里一名匆匆过客。

记得《读书》杂志曾刊登过一篇《清华园里曾读书》的文章。作者抚今追昔，是那样亲切地向我们描述了其在清华园里的读书生活。作者首先写的是图书馆，"一进入那殿堂就有一种肃穆、宁静，甚至神圣之感，自然而然谁也不会大声说话，连咳嗽也不敢放肆"，接着作者就追忆"那些学识渊博的教授们在课堂上信手拈来，旁征博引，随时提到种种名人、名言、佳作、警句，乃至历史公案，像是打开一扇扇小天窗，起了吊胃口的作用，激发起强烈的好奇心，都想进去看个究竟，读到胜处不忍释手，只好挑灯夜读"。于是乎学子们便孜孜于"以有涯逐无涯"，乐此不疲。作者由"曾读书"的清华园而发表这样的议论：

"大学的校园应该是读书气氛最浓的地方，有幸进入这一园地的天之骄子们，不论将来准备做什么，在这里恐怕首要的还是读书，培养读书的兴趣，读书的习惯，尽情享受这读书的氛围，这里可能积累一生取之不尽的财富，或是日后回忆中最纯洁美妙的亮点。"

这"取之不尽的财富"，这"最纯洁美妙的亮点"，就是教育所陶铸的人的综合素质与能力——教养。

清华园是风景之园，更是精神之园、文化之园。清华园饱湛着清华特色的人文精神。清华校训："自强不息，厚德载物"，作为君子就应该与天地同德；清华校风："行胜于言"，求真务实；清华传统："人文日新"，追求完美。有这三种精神，才有水木清华九十余载的独特的清华魅力。当我踏上清华，融入清华学子的行列时，我深深地感受到清华浓厚的学术氛围，领略到名牌大学的真我风采。名牌大学中蕴涵的无言之教会永镌在你灵魂深处，清华的精、气、神将会潜移默化地给你以永恒的影响。

水木清华，名师荟萃，钟灵毓秀。早年清华校长梅贻琦的一段话成了如今很多人常引的箴言：

"所谓大学者，非谓有大楼之谓也，有大师之谓也。"

现在人们一提起清华，就会引用它，举出王国维、梁启超、陈寅恪、赵元任。其实，在清华历史上，够得上大师称呼的绝不止这四大导师。穿越历史烟云，清华风物宛存，参观校园早期建筑，读那些写进历史的故事，在厚重的历史沉淀之上，清华园无处不彰显着清华特色的人气神韵。漫步在这样一个有着深厚人文气息的校园里，徜徉在林间山石湖畔，山水中镌刻着一个个不朽的符号，天地间留下了一个个闪光的名字。这是一块怎样神奇的土地啊！有四分之一多的两院院士出自清华，23位"两弹一星"功勋科学家中，有14位出自清华。单就这两个数据，就不由人由衷地赞叹了。我不知道这个钟灵毓秀的地方，究竟有着多少闪亮的名字；我不知道这个"大师之园"里，究竟塑造了多少位学中名人。我只知道，我在这个校园里越走，越看，越感到一种深深的震撼。

夏天的清华园充满勃勃生机，曲折幽静的通道，绿毯如茵的草坪，枝繁叶茂的花木，令人心旷神怡，犹如走入画中。沿着蜿蜒的山林小径，走到著名的"水木清华"。一边有座花亭，正额有"水木清华"四个大字，两边朱柱上悬有清道光进士，咸、同、光三代礼部侍郎殷兆镛撰书的名联：

"槛外山光历春夏秋冬万千变幻都非凡境，
窗中云影任东南西北去来澹荡洵是仙居。"

据说"水木清华"四字出自晋人谢混之诗：

"惠风荡繁囿，白云屯曾阿。
景昃鸣禽集，水木湛清华。
褰裳顺兰止，徙倚引芳柯。"

"水木清华"对面的小土山下矗立着朱自清先生的白色大理石雕像。坐在湖畔凝思的朱自清先生，望着池水，神色安然。满池的荷叶此起彼伏，点缀着尖尖小荷，含苞待放。当年的"曲折的小煤屑路"，如今已是平整的水泥路，荷塘的四面，仍然长着许多树，仍然是翁翁郁郁的。闻一多的雕像也坐落在不远的地方，被翠柏所环绕。他右手拿着烟斗，神情凝重，仿佛陷入忧国忧民的沉思之中。沿着平坦的通道前行，来到清华园标志性建筑——书有"清华园"的牌楼前，汉白玉的石牌坊清秀天然，有一种王者之气，学者之气，给人一种"学高为师，身正为范"的感觉，仰之弥高，使人对整个清华园油然生出万分敬意。

在清华园的一个月，除了休息日，我们每天穿梭在紫金公寓与创新大厦之间，一边是住地，一边是课堂。我没有走遍清华园6000多亩土地的每个角落。不过，足矣。走过菁菁校园，身有余香。

坐在清华宽敞明亮的教室，进行公共管理知识的学习充电，领略名师的智慧、风采，品味清华学员生活，感受清华学习氛围。清华人的创新理念、敬业精神、执着追求、严谨踏实给我留下深刻的印象,这无言之教胜于有言之授。公共管理学、公共财政、领导艺术、政务礼仪、压力管理、战略管理、管理沟通、公共危机应对……一门门课程,如一串串钥匙,公共管理这门最古老的职业,最重要的工作,最年轻的学科,向我们敞开层层大门。清华园里师长们的谆谆教诲给人启迪,既有知识的传授,更有思维的撞击,留下更多的是思考,是激励。在历史与现实的拷问面前,我们拿什么来重建"公共精神",重构"公共制度",重塑"公共人"形象?作为一名人民公仆,深感行使公共权力的责任之重大。

一日入校,学伴终身。在清华园,我们收获知识,同时也收获友谊,知识在与时俱进,友谊也与日递增。师生之间、48位同学之间,忘不了相识相聚的有缘有幸。在水木清华——这个承载太多光荣与梦想的圣地,有太多太多的东西让我们感动,震撼着我的心灵,引发了我对人生的深层次思考和感悟。清华已是我生命河流的一种"情结",过客匆匆的身影已然远去,那份感动却长久地保留在了心间。

2006 年 11 月

阳台上的花与草

走过蹉跎岁月，年逾不惑之后，蓦然回首中细细品味人生，恍然间读懂了世间的一切，心态趋于平和、淡定、从容。闲时在自家阳台上养几盆花，修身养性，自得其乐。那养花的经历，用老舍的话说是"不得其法，每每有叶无花，亦不忍弃"。

然而，有心栽花花不发，无心种草草偏长。花盆中的小草总是在不经意间从缝隙中长出来，没人给她浇水，没人给她施肥，天生天养，顽强不屈。

一夜春风，小草探出新绿，密密麻麻地开始绽出了嫩嫩的片叶儿，是如此的温馨可爱。那一株株绿色的小草，就是一个个鲜活的生灵，是一个个可爱的仙子，使阳台的世界顿时生动鲜活起来。

也许是对自家阳台特有的情感，总觉得花盆中的一草一叶蕴藏着迷人的色彩和魅力，我对这翠绿翠绿的颜色情有独钟，一直小心翼翼地呵护着，要让草平等享受花的待遇。

观花赏草，无不和人的心境联系在一起。每当看到自家阳台上哪怕是极为普通的花草，也能感受到分外的清香、明快和质朴。棵棵花木，株株小草，真挚简约地装扮着阳台。毕竟是自己倾心亲手侍弄的，感觉就是不一样。

妻欣赏的总是养在盆中的花，被人呵护的花。草没有花那样的命，不会每天被人伺候着，但草却比花能随遇而安。在我看来，花是开花的草，草是不开花的花，一视同仁。在妻眼里，草为草，花为花，实天命,泾渭分明,无法改变。她不喜欢小草卑微的出身,嫌弃小草容貌的丑贱,不喜欢小草的枯荣无常,讨厌小草与花木争养分。我爱莫能助,眼睁睁地看着那绿草被妻无情的双手残忍地践踏着,真的很心寒。但那不屈的草却一次次坚强地直起腰,抬起头,顽强地面对着一次次彻心彻肺的痛苦。

在自然界里,花与草是平等的。如果说存在着距离,则是人们偏好的结果。花有花的美丽,草有草的坚强。每个生命都有自己独特的意志,都有自己独特的光彩,至于美丑与贵贱则可淡然视之了。我不明白,为什么只有花才是美丽娇人的,而草,却是那么没有价值。无可奈何,我只能宽慰痛苦而无助的小草:认命吧,因为花姓"公",草姓"私"。

传统观念认为"公"与"私"是水火不能相容的,是有我没你,有你没我的关系。古老的中国哲学所提倡的大公无私,天下大同,过度地强调"公"与"私"的对立,把"私"字妖魔化为"万恶之源"。

从古典文献来看,天命、天意的结构特征,即在于大公无私的意义呈现。《庄子·大宗师》:

"天无私覆,地无私载,天地岂私贫我哉?"

《礼记·孔子闲居》:

"子夏曰:'敢问何谓三无私?'孔子曰:'天无私覆,地无私载,日月无私照。'"

《吕氏春秋·去私》:

"天无私覆也,地无私载也,日月无私烛也,四时无私行也,行其德而万物得遂长焉。"

这"三大无私"自然是非天莫属,"天"是"公"的起源。"私"则被视为不利于公义、公利顺利实现的因素。

"公"与"私"之间最大的区别就是,"公"具有天道、天理,"私"只能被"公"所制约、控制。"私"作为"公"的对立面,是一个被否定的范畴，它对于天下之大公总是一个威胁，并组成了私心、私利、私欲等这些在传统观念看来是非常罪恶的辞藻，当属清除之列，不能让其有任何空间赖以生存。

"公"与"私"，在当代中国的历史上，始终被看作冲突的两极，不能调和。新中国成立后，新政权刚建立后所做的第一件事，就是义不容情地消灭了原有的私营经济。到了1957年，工业生产总额中，属于私营经济的部分，只余0.1%。又经过20世纪60年代的社会大变革，私营经济已经绝迹。私营，一向被认为与社会主义的意识形态水火不能相容，并且不被法律所允许，直到20世纪80年代初期，还属被批判和被肃清之列。进入改革开放时代，重新确定了基本路线，才将公私对立逐步转变为公私统一。私营经济的"死灰复燃"是20世纪80年代中后期以后的事，但在较长一段时间里，私营经济、私人财产权也一直是在夹缝中生存。

只要生的希望还在，它就会随着信念顽强地活下去，这就是在夹缝中生存的姓"私"的草。我喜欢草的翠绿，喜欢她的顽强生命力。

有一天，抬头看向窗外，不经意间忽然眼前为之一亮。阳台上有盆米兰花的枝杈上竟攀缘着葱翠欲滴、婀娜妩媚的爬藤类植物。不知道它的学名，但知道它俗名叫做拉拉藤，满身都带着锉刀般的毛刺。

花盆里这几株碧绿的拉拉藤奇迹般钻出泥土，并且迅速生长起来；花与草间杂生姿，错落有致；花枝与长藤混杂其间，藤缠着枝，枝携着藤，简直像那缠绵热恋中的情侣，难舍难分。

过了不多久，拉拉藤更加起劲儿地生长着，攀缘着米兰花的枝干努力向上伸展着身躯去争夺更多的阳光，那柔软的藤枝无声无息地自发散开，蛇一样在空间有限的阳台游动。我稀奇地看着这几株仙葩也不及的拉拉藤，看到一种生机勃勃的旺盛生命力。

妻的心里却充满了妒意，早把拉拉藤视为眼中钉、肉中刺，时不时地掐掉藤蔓冒出的嫩芽。那拉拉藤却依旧蔓叶葳蕤，吐露出寥寥寂寂的绿意，仿佛在向女主人示威似的。

慢慢地，拉拉藤再也不甘屈于盆景的"补充"角色了，竟然长成盆景的"重要的组成部分"。妻感到米兰花的"主体地位"受到严重影响。拉拉藤终于难逃厄运，妻忍无可忍"痛下杀手"，连根铲除了这几株"大毒草"。我的心中隐隐生出一种疼痛，当时的心境完全被那几株拉拉藤长长的藤蔓缠绕，思绪也在花与草中徜徉。

谁说草木无心，花草无情？微风说，花与草正热恋呢，露珠是它们的孩子。在花与草的世界中我迷失了自己，在绿色中迷失方向，我在花仙子中问路，为草精灵鸣不平……

花与草，相依相附，顽强生存着，任雨打风吹、环境改变也不曾对它们造成什么影响，这本身就令人感动！我感动，也感叹：花永远都代表着神圣和光明，而草则永远低下；花历来被人们赞颂，但却没有多少人是真心爱草。即使这样，无悔的草仍是放开胸怀接受着人们的种种折磨。我不知道这叫不叫无私，但我可以肯定，这是比无私更高的精神升华。

公平是和谐的灵魂，公私和谐，社会才能和谐。所有制真是越"公"越好、越纯越好吗？"公"与"私"之间的不可逾越的鸿沟就不能消逝吗？你死我活地争了几十年"公"与"私"，能否殊途同归，甚至成为兄弟？如果"公"与"私"能够和睦相处，中国的发展是否会更好些？

实践已经证明，在一定的历史条件下公有制经济与私有制经济不是只有排斥的一面，更重要的是有共存、相互依存和融合的一面。甚至可以说，"非公有"和"公有"不仅不是对立的，非公有制经济成分还可以促进公有制经济的发展。

近30年的伟大实践，中国发生了翻天覆地的变化。以公有制为主体、多种所有制经济共同发展，是社会主义初级阶段的基本经济制度，成为社会主义市场经济体制的坚固基石；"资本主义"在中国人的心中已经不再是一个魔鬼；"公民的合法的私有财产不受侵犯"这一条款被正式写入《中华人民共和国宪法》；"家庭财产普遍增加"

被载入党的全会公报；备受关注的《中华人民共和国物权法》（以下简称《物权法》）颁布实施，国人的私有财产在法律上取得与公有财产的平等地位，物权先"公"后"私"成历史。毋庸置疑，"平等保护"公产私产是《物权法》的一大亮点。

追溯一下我国革命与建设的曲折过程，凡能将公私和谐统一的，就无往不胜；凡将公私对立的，则总遭挫折。令人欣慰的是，在改革开放的历史进程中，人们正在逐步抛弃陈旧的、强调对立的传统公私观，树立新的、强调和谐的现代公私观。

花盆中的小草不知被除掉多少次，拔过多少遍，她们依然倔强地生长。古人云：

"野火烧不尽，春风吹又生。"

种子是有生命的，只要有合适的土壤，就可以让她释放出包含的不息气质，再次让生命轮回。草随着时间的改变，曾经枯黄；亦可以随着时间的改变，重获生命。人们爱鲜花，因为它美丽；人们爱小草，因为她坚强。对花，我只是喜欢；对草，却是一种敬畏。

阳台上花与草之所以迷人，因为她们呈现出了一种自然造就的美。花样年华，草样人生。花与草的搭配点缀产生出脱俗不凡的美丽景观，二者相映生辉。花与草融合在一起是那么的和谐赏目。

2007 年 5 月

一枚铜钱

　　我身边一直珍藏着一枚铜钱,那是我奶奶留下的。一枚圆圆的小钱,中间透着棱角分明的小方孔。粗看,普普通通,司空见惯;细细琢磨,却能想出个中滋味来。

　　每每望着眼前的铜钱,奶奶慈祥的面容就会浮现在我的脑海里。在我记忆里,奶奶个子高挑,身材瘦削,一身破旧的衣服,一双尖尖的小脚,她跟传统的中国妇女一样,纯朴、善良。奶奶的一生是受苦的一生,是勤劳不息的一生。奶奶一辈子不知受了多少苦,她辛辛苦苦了一辈子,却没能享过几天清福。爷爷早年病故,维持整个家庭的重担就压在了奶奶柔弱瘦削的肩上。她用尽自己所有的心血和汗水终于把孩子们拉扯大,苦苦地支撑着一个家。我是奶奶的长孙,爸爸妈妈常年在外教书,是奶奶一手把我带大的,她对我的疼爱超出了想象。就在我 13 岁那年,奶奶突然就走了,我那亲爱的操劳一生的奶奶就这样悄无声息地去了另一个世界,带走了我无限的眷念。

　　到现在,奶奶已去世三十多年,每每想起她,我的心便涌出一阵阵酸痛,眼泪一次又一次涌上来。泪眼蒙眬中,回忆起所有过去的岁月,我只能在梦里重温那些日子。多想再回到小时候让奶奶搂着睡的夜晚,奶奶的怀抱是那样的温暖;我记得,奶奶天天起早摸黑辛勤劳作,常常要纺棉纱纳鞋底至深夜;我永远忘不了,奶奶种田锄地时那双踉跄的小脚踩下的那一串串窄小的深深的脚印,在故乡的那片土地上……

在那个贫穷的年代里,奶奶一向省吃俭用,一分钱都得掰成两半花。什么好吃的她自己舍不得吃,都要留给我们孩子。还记得,奶奶病重的时候,我用自己好不容易攒的 6 分钱加上 1 两粮票买了一块饼送到奶奶的床前,当她伸手紧紧抓住我硬是分下半块饼塞进我嘴巴时,我的心是颤抖的,脸上装着微笑,而眼里的泪水在不停地打转。奶奶吃完饼说,她从来都没有尝过滋味这么好的东西。我看到她那张苍老的脸庞上那双浑浊的眼睛里绽放着微微的笑意。那一刻,我的心情沉痛到了极点。在奶奶离世的前几天,爸爸妈妈买来了好几块饼,可那时得了胃癌的奶奶已不能咽下任何东西了……

奶奶不识字,但并不代表没文化、少见识。小时候,奶奶经常给我讲一些旧社会的故事,还经常会用一些成语典故。奶奶并没有给我什么物质财富,仅留下了一枚铜钱。她说:"取象于钱,外圆内方。"其实我当时并不懂她这句话的含意,可是我又似乎听懂了好多好多。现在想来,"取象于钱,外圆内方"这句话很简单,可是意义是十分深远的,需要用一辈子去体会理解,真的理解以后,更是受用不尽。

"取象于钱,外圆内方",本意是指古代的钱币,外面是圆形,里面是一个方孔。外指表面,内指内心;圆是圆通,方是方正。铜钱所启示人们的道理是:做人要外圆内方。方,就是做人要正气,具备优秀的品质;圆,就是处世老练,圆通,善用技巧。

一枚铜钱,外圆内方,朴实无华,取天圆地方之意。我们的祖先以为天是圆的,地是方的,制作的铜钱外圆是取天,内方是取地。自秦朝统一货币后,圆形方孔的铜钱在中国社会流通了两千多年,直至清末民初,外国银行业的涌入和帝制的废止才终结了使用。据说,它的造型,是按易学思想设计的。晋代《钱神论》指出,圆铜钱取象于乾坤。乾坤二卦,是易学中两个主卦,是象征天和地的。象征天的乾卦有圆、有健的精神与形状;象征地的坤卦有方、有大的质征。而天圆地方,是我们祖先对天地的感悟与描述。小小的铜钱,取法天地,效法乾坤,简约而质朴,生动而凝练,凝聚和蕴涵了中华民族博大精深的智慧,体现和昭示了中国古代的一种天地观念。

铜钱之象,何止于拟天地,喻精神,同样也昭示凝聚着深奥的人文之理。圆形方孔铜钱是刚与柔、中庸圆通与正气品德的对立统一体,是二者完美而又巧妙的结合。因此,古代人以此来作为做人的标准,比喻是比较贴切的。圆,有柔和圆满之美,是中国道家通变、趋时的学问;方,有工整方正之美,是中国儒家人格修养的最高理想境界。圆方结合,取长补短,体现了刚与柔相结合的完美境界;圆方互容,儒道互补,构成了中国传统文化的主体精神。老子的思想是自然,是天地,天圆地方。孔子的思想是中庸,中庸是不偏不倚,方圆有度。而孟子则说:

"不以规矩,不成方圆。"

所谓"规矩",就是中规中矩、方方正正、有板有眼、有棱有角。方是精髓,圆是灵魂。为人处世,既要内心"方正",坚持原则,维护人格,又要外形"圆活",心胸豁达,与人为善。因此,做人必须方中有圆,圆中有方,外圆内方。在 20 世纪 30 年代,中国民主同盟领袖黄炎培先生就把"取象于钱,外圆内方"作为座右铭。表明了立铭者为人处世的态度,外而圆融,内而方正,乱世之中,方正不改,其含义十分的深刻。

当然,奶奶不会懂这么许多的道理,但能说出"取象于钱,外圆内方",有这般见识也实是不易。奶奶更多的时候是用朴素浅显的思想,用心、用情教导与影响了我。

当走在路上一辆手推车从身旁经过,奶奶便告诉我,车轮必须是圆形,才能滚动起来省力,要是方的就会一路磕磕碰碰。她又告诉我,推车人要看路,不当心就要滑到沟里去。奶奶的话中有着既朴素又深奥的辩证思想。为人处世也是如此,圆,是为了减少阻力,是方法,为处世之道;方,是立世之本,是实质。外圆是与周围环境融洽协调、尽量减少矛盾,内方则是对自己独立意志的坚持。

古人云:

"智欲其圆道,行欲其方正。"

方圆缺一不可,且应方圆有度。过分的方是固执,会四处碰壁;过分的圆是世故,也会众叛亲离。所以,做人的制高点就是外圆内方,行方智圆。方圆之道,是大智慧与大容忍的结合体,有勇往直前的威力,又有沉静蕴慧的平和,能对大喜悦与大悲哀泰然不惊。方圆之道,就是行动时干练、迅速,不为感情所左右;退避时,能审时度势,且能抓住最佳时机东山再起。方圆之道,没有失败,只有沉默,是面对挫折与逆境积蓄力量的沉默。方圆之道,天大地大,只有掌握好外圆与内方之间的平衡,才能如鱼得水,游刃有余。

　　来到小河边,奶奶会问,河里的石子为什么是圆的? 然后她告诉我,石头的棱角没有了,河水才冲不走它们。今天细细体会起来,奶奶的话里包涵着适应环境的道理。物竞天择,适者生存,这是大自然的规律。英国生物学家达尔文在论述他的"进化论"时曾经说过,能够生存下来的物种,不是那种最强的,也不是那些最弱的,而是那些对外界的变化最具有适应能力的。为了成为"生存"的"适者",我们为人处世要学会外圆内方。外圆内方的人,有忍的精神,有让的胸怀,有大柔非柔的气度,有貌似糊涂的智慧,有形如疯傻的清醒,有脸上挂着笑的哭,有表面看是错的对,有口头说是的非。这正是绵里藏针,大智若愚。外圆内方要求人们外表随和、内里严正,养成谦虚谨慎的作风,不要锋芒毕露、盛气凌人。要学会用宽容、从容和包容来面对一切,在必要的时候昂首以证明尊严,在适当的时候低头以换取更长远的利益。弯下腰当一座桥,挺起身做一架梯。

　　望着眼前的铜钱,我心绪飞扬。铜钱不通人情世故,却仿佛诉说着奶奶对我的深深情意。我已多年没去奶奶的坟前看她了,她的坟上一定长满草了。生死之间,到底是什么东西在缠连? 我只能用心去体验那一种情感……

2007 年 9 月

枯荷听雨

竹坞无尘水槛清，
相思迢递隔重城。
秋阴不散霜飞晚，
留得枯荷听雨声。

　　这是一首客路惆怅的旅人思念朋友的诗，作者李商隐。这传诵千年的枯荷秋雨的清韵，有谁能解其中之味？

　　"留得枯荷听雨声"，这是全诗的点睛之笔，也是一直为后学所溢美的神来之笔。这样隽永精致、情味悠长的千古名句，确实是字字珠玑。《红楼梦》里林黛玉说素来不喜欢李商隐的诗，却独独欣赏这句，大概那种落寞凄清的景象特具情愫和诗意吧。试想，淅淅沥沥的秋雨，点点滴滴地敲打在枯荷上，那凄清的错落有致的声响，该是一种怎样的声韵。

　　家中客厅悬挂的正是一幅《荷塘清香图》，"出淤泥而不染，濯清涟而不妖"。那莲藕莲花，中通外直，不蔓不枝，香远益清，亭亭净植，可远观不可亵玩，使人心生爱怜。

　　荷塘的景致随季节变换。隆冬寒月，满天飞舞的雪花冷艳浪漫，荷塘雪景自有一种别样的情趣。不期而遇的雪，一飘而过。当雪过天晴，阳光带来更为精彩的物景，一时陶醉于雪中的高情远意却如明日黄花、过眼烟云。雪化了，雨来了，淅淅沥沥，缠缠绵绵。

　　冬雨虽有些凉，但还是有些小了，雨再大些，应该更好吧！一位友人与我说：

"雨，伴人一年四季，不像雪，盼着来了，却躲闪着，不能定性。所以说，雪是情人，雨是爱人。"

当下，追逐时尚成了风气，且社会价值取向多元化。随着人类社会文明的进程，感情生活方式的阶段性特征也许会愈加明显，与传统价值观格格不入。即使传统文化浸泡出来的莲藕莲花，虽不至于脱胎换骨，有时也难免灵与肉的出轨。

大千世界本是一个大染缸，本质再好的东西也经不得人为污染和摧残。生态环境的恶化，致使湖泊、河塘、沟田水体受到越来越严重的污染，人们不免担心就连这"出淤泥而不染"的莲最终也被恶劣的"外部环境"所污染了，况为人乎！

我们生活在当今这样的环境里自然也少不了被"污染"的危险。俗话说，常在河边走，哪有不湿鞋？洁身自好何其难！唯智者自律，清者自警。

枯荷，无疑给人以萧瑟之感。秋冬时节，水面的莲花虽已凋零，但尚有几茎枯枝傲然独立，仍在坚持着所要坚持的什么似的，它们等待着最终把生命融入泥塘，从而换来来年的青葱与繁茂。

生命是没有永恒的，唯有精神能永久。雨中的枯荷生死相依，在人们心中形成了一幅美妙如诗的图画，让人感受到生命延续的悲壮与美丽。

生生不息的莲花，为"佛中圣花"。佛即莲，莲即佛。莲贵善美，质洁馨纯；其根如玉，不着诸色；其茎虚空，不见五蕴；其叶如碧，清自中生；其丝如缕，绵延不断；其花庄重，香馥长远……

物以稀为贵。莲花的珍贵不同于大熊猫的稀有，不必担心要为莲花申遗。大熊猫或许有难逃绝种厄运的一天，而莲子受硬壳的保护可以在土里埋几百年甚至上千年而不坏，被认为是世界上最长寿的种子。

待来日静听雨声，观那莲花满塘。

2008 年 3 月

好个车前草

相传当年汉将马武军中的人畜多患"血尿病",唯有三匹战马因常啃路上的无名小草而幸免,于是推而广之,患者痊愈。因为此草长在驻军兵车前面的地方,马武不由叹曰:

"好个车前草!"

从此,"车前草"就这样叫开了。

"采采芣苢,薄言采之。采采芣苢,薄言有之。采采芣苢,薄言掇之。采采芣苢,薄言捋之。"

读《诗经》,才知道芣苢就是车前草。其实,这是我幼时就已熟悉的一种植物,田头和路边随处可见,是最熟悉不过只是叫不上名的草。

车前草全身都是宝,既可食用又有药用价值,且药用功效非常多。史载,唐代诗人张籍患眼病,他的友人韦开州特地从三千余里之外的开州给他寄来当地中午采集的车前子。张籍听郎中说,这种车前子治疗眼病最神效,深受感动,便作诗致谢:

"开州午日车前子,作药人皆道有神。
惭愧使君怜病眼,三千余里寄闲人。"

这首《答开州韦使君寄车前子》留下了一段杏林佳话。

有一句老话,"哪有吃了五谷不生灾的"。我原先是从不挑食的、好几年前得了银屑病，偶尔发作，很多东西就不敢吃了。开始常常吃药，病急乱求医乱用药，花了好多冤枉钱，但顽疾终难根治。遂想与其胡治不如不治，随它去，也省得增添一些无谓的烦恼。不久前，一有心的友人听到一坐堂中医讲车前草治银屑病，持之以恒便可以痊愈，实例为证，不免心动。友人不厌其烦，不仅从中药房里买来干的车前草不说，还托人从乡下挖来新鲜的车前草。那时刚过立春，再加天天下雨，地里泥泞，车前草很难寻觅。我与诗人同样深受感动，但我不是诗人，不能作诗致谢，只是那份感激之情已在内心深处蔓延。

"天街小雨润如酥，草色遥看近却无"，说的正是立春前后的几天。春寒料峭，车前草与桃花一样难见萌芽。到了清明前的几天大不一样，地气变暖，桃红柳绿，车前草如雨后春笋，漫山遍野。到处可见、随处可长的车前草，虽然那么不显眼，却分明饱含着一种内蕴和活力；虽然遭受着人踩车压，但它却具有压不垮、碾不碎的顽强的生命力；虽然叶子大大穗儿长长的，可车前草总是贴地生长，很谦卑地伏在地面上，不像其他小草，顺着往上长。在它匍匐的身躯下定有颗大地的心，它想拥抱整个大地。

一株神奇的车前草，生长在我生命必经的路旁，如此平凡却又如此珍贵。陌上花开后，春天也便老去，唯有车前草，随着岁月生长，在夏天它依旧繁茂，在秋天它成熟结籽。想到这株小小草的归结，我的心头亦会荡起层层的暖意。不管是不是真有来生，我为你的到来而欣喜。

2009 年 3 月 24 日

飞鸟撞怀

天下真有这般巧合的事，平日想要捉只麻雀难如上天，这天可好，天上掉下只小麻雀，偏偏撞到我的怀中。怎么会呢？当时自己心里一片讶然。

那是一个周六的早晨，天异常闷热，几位友人一道，驱车前往我的家乡——句容。到了句容城，把捎带的我与儿子合著的新书搬下车后，便径直去了天王镇的山里，品尝了农家菜，又去摘了桃子。尽管山里满目清新，夏风欲醉，但不知是耐不得高温还是耐不住寂静，新鲜劲儿一过，大家还是猫进了句容城里的宾馆。

黄昏时，下了点小雨，但天气依旧闷热，我们准备回镇江。就在我刚刚走出宾馆大门的那一刻，突然间不知什么东西撞到了我的胳膊上，我本能地用手按住，感觉软绵绵的，心里不由得一阵发毛，该不会是瘆人的蝙蝠吧？再一看，哎哟！原来是一只娇小的麻雀。惶恐的小麻雀紧张得"啾啾"直叫。这显然是一只刚学会飞的小麻雀，尽管不断地拍打着翅膀，但显然已经无力再飞起来了。抓在手心里的小麻雀，温热的小身体不住发抖，黑亮的小眼珠骨碌骨碌转，像要说话似的。我随即把小麻雀带至车上，放在一只大纸袋子里。小麻雀蹲在里面，可怜地蜷缩在一角，不停地张着小嘴叫着，两只眼睛露出胆怯的样子，让人生出几许爱怜之情。

我在农村长大。小时候，我和伙伴们也捉过麻雀。麻雀爱把自己的窝搭在农家老房子的墙缝里或屋顶上的瓦楞里。等到了晚上，麻雀在窝里睡大觉时,我们会搬一架梯子靠在墙上,然后慢慢地爬上去,突然袭击,把手伸进麻雀窝,于是麻雀一家在梦中被擒了。

那时生态环境好,家乡的麻雀很多,树上、屋檐下、田野里,到处都有。村子前面的那片水稻田,到了秋天,稻谷成熟了,麻雀飞来觅食,一落就是一大片,黑乎乎的,压弯了稻秆。麻雀是最有灵气的动物,许多麻雀聚在一起,跳来跳去,叽叽喳喳,充满生机,所以人们常以"欢呼雀跃"来形容高兴热闹的氛围。

麻雀,一种单纯而又朴素的小鸟,一种令人既爱又恨的小鸟。它有一个最大的特点,就是很黏人,喜欢跟人在一起,人到哪儿,它就到哪儿。当初,人们还不知道什么是环保,以为麻雀与人争食,便对麻雀产生怨恨,直恨得咬牙切齿。其实麻雀并不只是吃农作物,育雏时,主要是以昆虫为食,这个时候正是农作物的生长期,它对害虫的防治能够起到很大作用。麻雀偶尔拣食几粒稻谷,或偷几粒粮食,再正常不过,毕竟民以食为天。它却因此蒙受了莫大的冤屈,麻雀的贪吃终于引来了杀身之祸。

20世纪50年代末,麻雀和老鼠、苍蝇、蚊子一起被列为"四害",加以剿灭。全国人民都被动员起来,使尽了网捕、毁卵、水淹、火攻等各种手段,成千上万的人站在田地野坝,或敲锣打鼓,或燃放鞭炮,甚至高声喊叫,好让麻雀无处栖身,在高空"噪音"中活活累死。弱小的麻雀,何以经得起如此的"枪林弹雨"?人类对麻雀来说,几乎巨大如上帝,何苦和这小小鸟类过不去呢?天下食粮也有麻雀的份儿,厚道点儿,不可以像对待麦田里的拾穗者一样对待它们吗?那时的人们由于自己稼穑艰难而气急败坏。上帝笑了,麻雀也是他的孩子,他爱人类,也爱麻雀。所以麻雀仍好好地活在中国大地上。直至2000年,麻雀终于被列入国家级保护的益鸟名录。

人与自然之间、各种生灵之间的和谐,是我们这个社会真正的文明、进步。麻雀作为大自然的一员,虽然渺小,但它同样应该有属于它的一片天空,应该有属于它的生存空间,应该享有它应该享有的"幸福生活"。如果连这种喜爱与人为伴的小鸟,人类都要灭杀它,那么我们将无法摆脱被自然诅咒的命运。

麻雀似乎是弱小的代名词,可事实并不是这样,它也有伟大的一面。俄国作家列夫·托尔斯泰在一篇随笔中曾写到过麻雀。文中的麻雀为了自己的子女,奋不顾身地站出来与比自己高大几十倍的猎狗怒目相对,无论猎狗怎样恐吓与怒斥,都不退缩。据说,麻雀还是最忠贞、最重感情的动物,对伴侣的忠贞程度之高是动物界少有的。假如一对麻雀中有一方意外身亡,另一方则悲痛不已,对失去的伴侣十分想念,以致常常抑郁成疾,不久就死去了。麻雀是一种殉情的鸟。它的专一、它的忠贞、它的真情,足以使那些喜新厌旧、朝秦暮楚、水性杨花的其他动物自惭形秽。麻雀称得上是真正的爱情鸟,这种爱情没有奢华的装扮,没有海誓山盟的表演,没有卿卿我我的缠绵,但它们拥有爱的精魂:爱,拒绝背叛,发自灵魂的专注。

麻雀也叫家雀。动物词汇前冠之以"家"字,一般乃人养也,如家禽、家畜等。这样说来,麻雀叫家雀似乎不妥,应该叫野雀更恰当。因为麻雀有桀骜不驯的天性,它是烈鸟,你是不能欺侮它的,你欺侮它,它就会拼命到底。麻雀的脾气甚大,大到能把自己气死,它一切由着性子,一切可着身子,不看人眼色,不仰人鼻息,行必无拘,飞必尽兴。"宁死不屈"四个字,在动物界只有麻雀能够做得到;"你可以杀死我,但你不能战胜我",这句名言只有麻雀才能够不折不扣地履行它、实践它。

自从人类成为动物世界的霸主以来,人类几乎驯服或制服了所有的动物。天上飞的,地上跑的,水里游的,无论是大的还是小的,无论是凶猛的还是温顺的,一般来讲,只要到了人手里,就得服服帖帖。有的被关在笼子里让人观赏,有的被训成"演员"为人类表演,有的被训成"猎手"帮人类打猎。一些动物习惯于被人类豢养,它们为了安逸,对人类屈服了,背弃了蓝天、绿林和大海。然而,这种背弃却与麻雀无缘。麻雀,以其不屈的品格,成为动物界最伟大的独立者。人类可以随心所欲地驯养其他动物,唯有麻雀对人类说不,人类无法驯养麻雀。麻雀一旦被捉,它就会绝食,以死抗争。倘若遭到囚禁，性子柔者，三五日忧郁而死；性子烈者，一两日撞笼气绝。

麻雀讲的是骨气，要么拥有自由、拥有蓝天，要么就去死，决不苟活。你纵然可战胜麻雀的肉体，但你绝无法压倒它的精神：它那自由的精神、不屈的精神、独立的精神是不可战胜的。

大自然中的每一种动物最向往的，都是自由。我相信，如果我们能问动物们，在它们的眼中，比生命更重要的是什么。它们一定会回答：自由！是啊，自由无论对人类还是动物，都是非常宝贵的。

看着眼前的这只受困在车里摆出随时飞起架势的小麻雀，竟仿佛看到了它对自身无法逃脱的无奈和对自由生活的强烈渴望，仿佛听到了它向我发出痛苦的呻吟和哀鸣……

经过一小时的车程，我们带着迷失了的小麻雀回到镇江。家乡遇家雀，经历了偶然的相遇，因为怜惜，暂时收留了它，虽有些不忍割舍，但为麻雀着想，决定还是放生它，让它回到原本属于它的世界。爱并不等于拥有，属于你的东西，想不要也不行；不属于你的东西，你再强求也是没有用的。生命中许多事情的发生具有清晰的来龙去脉，而太多得失的原因却模糊一片。

小麻雀刚被从纸袋子里放出来，谁知它立刻振翅奋力飞起，"扑棱、扑棱"晕头转向地朝着光亮猛冲，期盼能冲破樊笼，重新获得自由。那透明的近似虚无的车窗玻璃，犹如世间看不见的尘网，幼稚的你，怎么能够认清方向，不上当受骗呢？我还没很好地瞧见它的影子，便听见"当"的一声，小麻雀结结实实地撞在玻璃上掉了下来，耷拉着翅膀，张大嘴喘息着。我小心翼翼地将它捧在手心，下车轻轻地往空中抛去。

小麻雀飞走了，飞得好快好快，飞得坚毅有力，飞得是那样勇敢……我的眼神也随着麻雀的身影飞向了天空，直至麻雀的影子模糊成为一个小小的黑点。目送麻雀远去，我在心里默默地祈祷：

"小麻雀，你想去哪儿，就能去哪里，想飞多高，就能飞多高！"

2009 年 6 月 20 日

读红楼说教子

　　《红楼梦》是一幅市井图,其中教育子女的故事耐人寻味。在中国文化中,严父慈母的传统历史非常悠久。贾宝玉的家长便是这种封建家长的极端典型代表——贾政过于严厉,贾母和王夫人过于溺爱。面对"百千宠爱集一身"的宝玉,贾政爱得无情,王夫人爱得发疯,贾母爱得发昏。爱子女是人类的天性,渴望儿女成才,天下父母同心。但如何做到教子有方、爱子有度,给孩子一个有利于成长的家庭环境很值得我们思考。读《红楼梦》,我们在欣赏其高超的文学艺术的同时,从中可以学到很多家教方面的经验和教训。

　　古人信奉"棍棒出孝子""不打不成器"的教育思想,贾政也不例外。贾政教子,严而无方,严而无情,严而无爱,严而无恒。他不是张口"畜生",就是捆绑吊打。他只有两手,并且两手都很硬,一是骂,二是打。

　　父亲对子女非打即骂,用现在的观点来看显然是不对的,是家长制的教子方法。但在封建社会,几乎家家如此。宝玉经常挨贾政打,贾政也经常挨他父亲的打,贾政的父亲也经常挨贾政爷爷的打。《红楼梦》第四十五回赖嬷嬷"教训"宝玉说:

　　"不怕你嫌我,如今老爷不过这么管你一管,老太太就护在头里。当日老爷小时,你爷爷那个打,谁没看见的。老爷小时,何曾像你这么天不怕地不怕的! 还有那边大老爷,虽然淘气,也没像你这扎窝子的样儿,也是天天打。还有东府里你珍大哥哥的爷爷,那才是火上浇油的性子，说声恼了，什么儿子，竟是审贼！如今我眼里看着，耳朵里听着，那珍大爷管儿子倒也像当日老祖宗的规矩，只是着三不着两的。……"

这是为贾家服役了几代的老女仆讲述的"当日老祖宗的规矩"。"打是亲、骂是爱"的棍棒式教育，就是现在一些家庭也还有此"遗风"。

在《红楼梦》中，我们看到似乎宝玉每见贾政一面，都要遭到严厉的斥骂。宝玉见了贾政就如老鼠见了猫一般。第十七回"大观园试才题对额"，贾政命宝玉同游省亲别墅，可结果是这一父一子，走一处，问一处，答一处，骂一处。在大观园试才题对额中，宝玉大展诗才，妙题联额，儿子的文学才能得到充分显示，他题的那些匾额、对联，比贾政的那些清客要高明得多，可谓才华横溢。可是贾政一句鼓励的话都不说，仍是骂：一会骂儿子"轻薄"，一会骂他"狂为乱道"，一会儿要将他"扠出去"。见到稻香村里的房舍，贾政马上教育儿子：

"若能月夜至此窗下读书，也不枉虚生一世。"

接着还是骂：

"无知的蠢物！你只知朱楼画栋、恶赖富丽为佳，哪里知道这清幽气象。终是不读书之过！"

当忠顺亲王府派人到贾府来找宝玉的一个朋友蒋玉菡时，贾环趁机诬告这个同父异母的哥哥"逼淫母婢致死人命"，这下子，贾政的另一手使出来了：打，狠打，往死里打！打还不解恨，还叫喊着要用绳子勒死儿子。

贾政要教育儿子走正路，是为儿子好，这动机虽不错，但方法不对，不能做到因材施教。宝玉周岁时，贾政"要试他将来的志向，便将那世上所有之物摆了无数，与他抓取。谁知他一概不取，伸手只把那些脂粉钗环抓来。政老爹便大怒了，说将来酒色之徒耳，因此便大不喜悦"。

贾政一心一意想把儿子教育成他心目中的人才，遵循自己所指定的"读书——科举——做官"这一仕途经济道路，不希望儿子像贾珍、贾琏那样，做那种吃喝嫖赌抽五毒俱全的纨绔子弟，也不想让他成为只知道整天在女孩子堆中鬼混、什么正事也不干的"富贵闲人"。所以他只要一见到儿子，就对他大喊"读书！读书！"。可是，儿子对读书做官毫无兴趣，他是文学发烧友，四书五经读不进，只对诗词歌赋、《西厢记》《牡丹亭》之类的文学书感兴趣，这些书他读得"连饭都不想吃"。有着诗意灵性和人生追求的贾宝玉，不是贾敏、贾兰之辈，他不愿走仕途之路成为贾雨村那样的禄蠹。正像一句西方格言说的：

"天性从门口被赶出去，又从窗口跑回来。"

贾政的动机不错，手段也很严厉，但宝玉依然我行我素，甚至变本加厉地发展自己的个性，"玩"得更起劲，更肆无忌惮了。

古谚云：

"严是爱，松是害，不管不教要变坏。"

这句话总的说来是正确的。但是，中国还有这样几句老话：

"峣峣者易折，皎皎者易污。"

"物极必反。"

也就是说，不管做什么事都要讲究一个"度"，要适可而止，否则将适得其反。美国一作家曾说：

"对孩子们来说，一句赞扬抵得上十句责骂。"

而那种有着严父风范的家长，往往吝啬一句赞扬，不会去赏识孩子。赏识教育并非就是表扬加激励，而没有批评。它是以信任、尊重、激励、理解、宽容、提醒为原则，还要有及时的批评和耐心的纠正。而这里所说的批评并不是声色俱厉，而是让孩子在不知道受教育的情况下已接受了批评。

作为母亲的王夫人对孩子的娇惯是比较过分的。在小说中经常可以看到宝玉"滚到王夫人怀里"的描写，这时候的宝玉至少也有十二岁了。再看看王夫人"'儿'一声，'肉'一声"，在自己的大儿子贾珠死后，更是把宝玉当成了宝贝疙瘩。"知子者莫若母"，她深知宝玉的毛病，很担心宝玉在女孩子堆里会学坏，做出一些有违封建道德的龌龊事。她打撵金钏儿，逐晴雯，检抄大观园，把自己对宝玉的关心全托付给了袭人，可谓用心良苦。但在日常生活中对孩子只是一味地疼爱，看不到她所负的教育责任，哪怕是一句批评提醒的话也没有。即使孩子闯下了祸也是迁怒于别人，或嫁祸于人。

宝玉无法无天性格的形成，既有贾政动之以威、武力教育而产生逆反心理的原因，又有贾母及王夫人的娇纵、溺爱的原因。贾政碍于贾母对宝玉的喜爱，而宝玉又真的能给贾母带来许多欢乐，为了尽孝，他不得不服从母亲。

贾母对孙子贾宝玉特别疼爱，原因是贾宝玉在某些方面有其爷爷贾代善的影子，再加上宝玉的大哥贾珠早早去世，贾琏无子，于是他就理所当然地成为荣府唯一的希望。老太太拿他当命根子，在吃、穿、玩等方面，极力满足宝玉的欲望。好吃的总是给宝玉留着，自己名贵的雀金裘专门送给宝玉，平时宝玉有头疼脑热的也是三番五次打发人过去看望。宝玉由于私匿优伶琪官以及被人诬告调戏母婢金钏儿被贾政暴打一顿后，这可把老太太惹火了：

"先打死我，再打死他，就干净了！"

"你原来是和我说话！我倒有话吩咐，只是我一生没养个好儿子，却教我和谁说去！"

"我说一句话，你就禁不起，你那样下死手的板子，难道宝玉就禁的起了？你说教训儿子是光宗耀祖，当日你父亲怎么教训你来着！"

……

毫不留情的训斥，足见爱孙情深。但在孙子面前，在众人面前，为孙子撑腰，难道不是对下一代的娇惯？

在独生子女的时代，孩子们集万千宠爱于一身，物质条件极其优越，与"百千宠爱集一身"的宝玉比，有过之而无不及。家长对子女有爱心，子女才会感到温暖，才会好学上进。但是，对子女不能溺爱。如果对子女过分溺爱、娇惯，孩子会被养成任性、骄傲、放肆、不分好坏、不懂礼貌、神经质、自我中心、缺乏责任感和耐心的性格。现在许多孩子是由爷爷奶奶外公外婆带大的，隔代亲，这是一种很正常的现象。但祖辈对第三代孩子，并没有亲生父母那种直接的责任感，他们总觉得管好孩子的吃喝、安全，不让孩子受委屈，是他们的义务。管教太严，一是不忍，二是怕落埋怨。当然，对于老人来讲，享受天伦之乐是他们的权利，他们没有给你教育孩子的义务。

教育子女是父母的天职，也是社会的需要。父母对于子女所负的教育责任，是他们所负社会责任的一种特殊形式。子女的成长，与正确的家庭教育方法有直接关系。伴随着孩子的成长，教育子女的内容手段等都应随之改变，主要是把握对孩子成长方向的引导、兴趣的培养、习惯的养成，并以父母自身的率先垂范作用使孩子受到潜移默化的影响，取得孩子的信任和尊重，让孩子在一个和谐温馨的家庭环境中成长。

2010 年 1 月 10 日

经营灵魂的客厅

有次在外地出差，晚上接到一位市领导的电话，说让人给我送些韦岗温泉的浴票。他知道我有银屑病，顽疾难愈，泡温泉可改善症状。现实生活中，有一类工作狂领导常常扮演着《半夜鸡叫》里"周扒皮"的角色，把少睡觉多干事作为工作常态，很少想到关心自己和他人的生活和健康。比起他们，这位领导百忙之中还记挂着我的健康，那份感动一直萦系心头。

列宁曾经说过，不会休息的人，就不会工作。虽然时代在进步，生活节奏在加快，压力在增大，但不会休息，不顾生活，只讲工作，往往会顾此失彼，得不偿失。协调好生活和工作，关注健康，不仅是对自己负责，也是对家人对事业负责。

提倡人性化管理、以人为本的核心价值理念，就是要关注人的生活质量、发展潜能和幸福指数。胡锦涛总书记说：

"健康是人全面发展的基础。"

我们的社会需要埋头苦干、敬业奉献的人，但不应该以牺牲健康幸福为代价。人所真正追求的是幸福，包括为个人以及为他人创造幸福。幸福的基础是健康的身体，没有一个健康的体魄作为基础，又谈何幸福呢？相对于无边无际的物质欲望、金钱、名誉、地位，健康才是第"1"位的，比其他的都珍贵。金钱、名誉、地位等都是健康"1"后面的"0"，如果这个"1"变成"0"，那么后面所有的"0"再多也只是镜中月、水中花，随时随地随着"1"的消失而变得毫无意义。

所以，我们只有获得健康的"1"再慢慢地去发展人生后面更多的"0"，人生的意义才能变得更加圆满、幸福与快乐。

现代人的疾病无不与不健康的行为、习惯有关。不良的、不健康的生活方式，是造成人们患病的主要原因之一。影响人们健康生活的因素是：工作忙，压力大，睡眠不足，生活不规律，吸烟喝酒，缺少体育运动。过去，这些对我来说全都对得上号，自己一直不懂得关注健康、珍惜身体，以为身体壮、年轻，可以顶得住。

我得银屑病已有数年。银屑病俗称牛皮癣，是一种原因不明的慢性鳞屑性皮肤病，与精神因素密切相关。二十岁刚出头我就做秘书工作，有十多年整天与文字打交道。那时的工作状态可谓：废寝忘食，呕心沥血，时常是一个通宵接一个通宵不停歇地爬格子。我们都知道，写作是一项艰苦的精神活动，写作者要调动其已有的知识储备，发挥其独特而又高超的思维，全身心投入，长时间地伏案。这种长时间的熬夜与废寝忘食，对自己的身体是一种严峻的考验，也许病魔跟细菌就是在这种长期的亚健康的情形下悄无声息地产生的。

吸烟似乎与写作有着不解之缘。鲁迅作文时总是手不离香烟，闻一多写诗时一直手握烟斗，真可谓青烟铸美文，香雾出华章。我的写作环境也是"硝烟弥漫"。接二连三地熬夜，抽大量烟卷，一个通宵能抽六七包，直抽得舌头发麻、刺痛。长年累月下来，人的肺就好比农家的烟囱，体内积累的毒素可想而知。每当大功告成之时，就像十月怀胎一朝分娩，总想借酒放松发泄一番，但此时由于体力、精力严重透支，身体已疲惫不堪，酒对身体的伤害不言而喻。近些年，虽然工作压力不如以前大了，但自己仍坚持笔耕不辍，而长时间的电脑写作，令眼睛疲劳，减损视力，同时电脑对人体的电磁辐射作用也是不易察觉的。在镜子里看看自己，看到一张陌生的脸，突然发现两鬓染霜。

我们这代人生不逢时。出生时遇到了三年自然灾害，普遍身体素质不够好，后来又经历"文革"的磨难，在以后的求学、工作中，需要比其他人付出更多的努力。由于青少年时期受社会大环境的影响,有强烈的时不我待感,养成了在事业上对自己过分苛求,拼命三郎般的生活方式,工作中追求凡事要尽善尽美,给自己无穷的压力。小毛小病几乎不上医院,上医院也只是例行公事。来镇江工作二十多个年头,仅参加过一次单位组织的体检。在压力如此之大的当今社会,我们在处理纷繁的人情世故时,在为事业家庭打拼时,往往在一种无意识状态下忽视了自身的健康状况。

培根有句名言:

"健康的身体乃是灵魂的客厅,有病的身体则是灵魂的禁闭室。"

健康并不是财富,而是人生最大的本钱。财富是可以任意挥霍的,但本钱却不能挥霍,只能保值、增值,不能贬值。有一个段子说:

"高知不如高干,高干不如高薪,高薪不如高寿,高寿不如高兴。"

这是一种健康新观念:健康比长寿重要,快乐比健康更重要。还有人说:

"60岁前想用健康换一切,60岁后想用一切换健康。"

世界上还有什么东西能比健康更宝贵?所以,我们在经营事业的同时,也要同样地经营我们的健康。把健康当作事业一样来经营吧!

2010 年 11 月 11 日

退居二线的"白骨精"

　　某事业单位一白领女年届48，前些年刚评上高级职称，正跨入干事业的"黄金岁月"，这时，工作精力最充沛、生活阅历最丰富、领导经验最成熟、家庭负担最轻松，可以干成、干好许多事，具有其他年龄段无可比拟的诸多优势。她正对未来充满着无限美好的憧憬。但是，就在这个时候，任职年龄"一刀切"的土政策切得她"退居二线"了，难免心中有些许失落感。

　　按说，干部"退居二线"的年龄界限国家并没有统一规定，但各地都有相应的"内部规定"，通常是凡男年满55周岁、女年满50周岁的科级干部，都要退出领导岗位。而该单位自说自话的"内部规定"又多了一条土政策：竞争上岗时距两年聘任期超过男年满55周岁、女年满50周岁即退二线。该白领女逢单位竞争上岗时48岁零2个月，刚好被杠住了。政策面前人人平等，土政策也是政策，管你白领也好、骨干也好、精英也好。

　　按年龄"一刀切"，复杂问题简单化。为了减少相互攀比，不去顾及其他情况，只要档案记载达到了规定退二线年龄就是"硬杠杠"。年龄成为干部使用中十分重要的因素，其重要性有时甚至超过了能力、学历、民族、党派、性别。50岁左右正值精力充沛、工作经验丰富之时，一刀切，实在是太可惜了，把现成的资源浪费了。况且该单位具有高级职称资格的专业技术人才可谓凤毛麟角。"尊重知识、尊重人才"的口号这时显得多么的苍白无力。培养一个高层次人才容易吗？20几岁工作经验不足,个人问题还没有考虑;30岁后结婚生子,积累了点经验;40岁后刚刚不惑,没干几年就"退居二线"了。

虽然"退居二线"并不等于退休,但现实当中许多人实际上不仅"退"了,而且"休"了。他们虽然还在编,也照样享受原单位的福利待遇,但单位几乎没有人管理他们,没人给他们分派工作。有的人想干事却无事可干,常常感到有劲无处使。有些部门不希望他们再干预部门事务,认为二线干部上班有碍于自己工作的开展。而对他们本人来说,既然成了"多余的人",也就没有必要再"讨人嫌"、令人误解了。所以,许多人自"退居二线"之后,占着位置不干活,甚至不到单位去了,单位也不再给他们安排工作。有的人从此无所事事,有的人在家里含饴弄孙,有的人搞起了"第二职业"。其实很多人还很想发挥余热,于是有人选择在企业里继续工作,有人做伴,热热闹闹过一段日子;也有人选择去做生意,赚点钱,既可消遣日子,也可实现人生价值。

退居二线的白领女想开了心态调整得也快,无官一身轻,求之不得,苦尽甘来终于可以过上舒服的日子,工资照常拿,福利不少,又有空余时间搞自己的业余爱好。一切随缘,以大局为重,"能上能下",干自己喜欢的事,从中获得乐趣,这也许是自己事业的又一开端。人总是要老的,权力是一时的,世上没有开不败的花朵,所以要趁着好机会、好时光,发挥余热,把退居二线的日子过好,照样活得有滋有味。船到码头不靠岸,用武的空间还大着呢。

看开了,什么都无所谓了,什么都不去争了,什么都不去理了,什么烦恼都扔掉了,什么都不去在乎了,自然而然就清心静气了。退居二线的白领女每天照常上班,工作仍旧一丝不苟、兢兢业业,在新的岗位上又挑起了业务大梁,在业内搞得风生水起、红红火火,工作的担子非但没有减轻,反而越来越重了。这退居二线的"白骨精"真是"蜡烛坯子"。话说回来,金子何处不发光?

2011年9月13日

风树之悲

2012年1月16日上午9点53分，爸爸走了，他走得那么突然、那么匆忙，来不及等到新年的钟声敲响，来不及等到儿孙们为他备好的80岁寿宴……就这样永远地离开了我们，留给母亲和我们是无尽的哀思和永久的怀念。

亲爱的爸爸，您睡着了，睡得很沉很沉，我们知道您太累了，您需要休息了。您辛苦了一辈子，为工作、为儿女操劳了一生。父亲，您与母亲贫困结发，相依为命，相濡以沫，上悉心孝敬老人，下尽心抚养儿女。在儿女的眼里，您是一位严厉的爸爸，您吝啬到我们从小到大很难得到您的一句赞许，但儿女们能感受到父亲的养育之恩所付出背后的艰辛、希望和关爱。您赐予我们生命，这是今生今世永远都割舍不断、报答不完的恩情。

站在父亲的灵柩前，深切地缅怀您与母亲含辛茹苦养育我们成长的历程，内心的悲痛无以言表。作为儿女，我们无法用简单的言语去总结爸爸的一生，爸爸的人生准则简单得只有十二个字——"清清白白做人、勤勤恳恳做事"，而这恰恰是您一生的写照。

父亲为人诚实忠厚，一生光明磊落，把毕生的精力献给了教育事业。您生逢乱世，一生坎坷，积累一生的隐秘与痛苦埋藏心底，从不与人言说，让我们无法走进您的内心深处，无法体察到您内心的伤与痛、苦与乐。在"文革"期间您被打成"5·16分子"，遭受了非人的折磨，受尽屈辱，致使晚年病魔缠身。您在生不如死的岁月里煎熬了四年多，看着您一天一天分分秒秒在痛苦中挣扎，让人心碎到难以呼吸。

"树欲静而风不止，子欲养而亲不待。"

爸爸走了，对他来说也是一种解脱。天堂里我亲爱的爸爸，安息吧！

爸爸，您虽然离开了我们，但您并没有与我们分离，我知道，您仍会在那个遥远的地方，看着我们，关心着我们，快乐着我们的快乐，忧伤着我们的忧伤。爸爸，您就放心地走吧，我们自会竭尽全力孝顺好健在的母亲，让她老人家安享晚年、幸福安康。

爸爸，今天我们聚集在这里一起为您祈祷和祝愿，愿您一路走好！愿您在那个遥远的地方一切安好！

2012 年 1 月 18 日

与孩子一起成长

孩子是祖国的未来、父母的希望,他们的生活环境与其成长是密不可分的,家庭教育具有和学校教育不同和不能取代的作用,父母的教育理念、教育方式将直接影响孩子的一生。

一百个孩子,一百种脾性,怎么教育,也是公说公有理婆说婆有理,没有一个放之四海皆准的标准。但最了解孩子的是父母,教育孩子既是父母的责任,又是父母完善自己的过程。

我的儿子已 18 岁了,今年以全省前 60 名市区理科第一名的高考成绩考入了清华大学。我的教子心得归结为四句话:独立不依赖,平等不溺爱,引导不强求,激励不责怪。

独立不依赖

我们对儿子采取的是"放养"式教育,而不是"圈养"。给孩子自由成长的空间,放手让他自己去生活、学习。我认为,这是培养孩子独立性的关键所在。

独立性是指一个人独立分析和解决问题的能力,它是社会生存及进行创造性活动必备的素质。独立性是孩子终身发展非常重要的素质,独立性的培养必须从小抓起。

培养孩子的独立性,包括独立意识和独立能力,重点培养自理生活能力和独立思考能力。

培养生活自理能力是生存教育的基本内容。我们从儿子很小的时候开始,在饮食起居方面,让他自己能做到的尽量自己做,让孩子学会自己做事,养成拒绝由家长代劳的"衣来伸手,饭来张口"的习惯。

从上幼儿园到高中毕业,儿子除了午饭在幼儿园、学校代伙吃食堂外,经常会自己一人在家做饭吃。有时我下班回家迟了,如遇儿子在家,他会问,爸爸吃饭了吗?没吃我来帮你弄饭。

孩子一天天长大,但无论怎样长他们在父母眼中永远都是孩子。我们总觉得他们这也不会那也不行,处处都需要我们的帮助。其实孩子的能力经常是出乎我们想象的,关键是我们会不会放手让他们去做。

可能有时候我们会觉得让他们做还不如自己做来得轻松,但孩子一次做不好会有两次、三次,总有一天会做好。如果不让他去做,恐怕将永远做不好。

现在的父母,对孩子处处包办代替,很少给孩子独立办事的机会。他们认为什么都替孩子干了就是爱孩子,他们觉得孩子还小,等长大了自然就会了。他们本能地想去帮孩子做这做那,但这对于孩子并不是一种单纯意义上的帮助,有时它对孩子的发展是不利的,因为它阻碍了孩子的自发行为。

家长们都知道"授人以鱼不如授人以渔"的道理,但是现实生活中,却有很多人会不由自主地选择给自己的孩子"鱼",而不是"渔",因为他们总是担心孩子会累着、伤着、磕着、碰着。

凡事设法代劳的父母,总是害怕孩子吃苦受累,干预甚至抢着替孩子做事,孩子遇事束手束脚,不会独立思考,更缺乏动手能力。父母的包办代替无形中削弱了孩子正常的劳动能力和思维能力。

中国的小孩独立性差是世界有名的,这是家长们"呵护"得太多太过之故。在这种教育观的支配下,当然有些孩子也乐享其成,习惯了家长的呵护,甚至于希望永远有这种呵护,于是我们看到了众多的"小皇帝""小公主",而这些"小皇帝""小公主"长大以后,要去择业或者创业,从小就被包办惯了的他们将如何去面对竞争,如何立足于社会？

不要做孩子的拐棍，如果孩子跌倒了，你给他的不应是伸出去的手，而应是站起来的鼓励。一句话：你管得了一时，还能管的得了一世吗？

在培养孩子独立生活能力的同时，更要注重培养孩子的独立思考能力。

教育就是帮助孩子学会自己思考，做出独立的判断。养成独立思考的习惯是孩子走向独立的基础。尽量做到凡是孩子自己能够想的，就让他们自己去思考。

儿子小时候经常会提出一些稀奇古怪的问题，我们一般不直接告诉他答案，而是鼓励他自己去动脑筋。不只是提出"为什么"，还要自己去琢磨"是什么""怎么做"，让孩子养成独立思考的习惯。

如果孩子提出什么问题，家长马上急于帮助解答，这样恐怕就很难培养孩子的自我钻研意识。结果是孩子进步受阻，家长也累得够呛。

孩子有什么事的时候，鼓励他自己去处理，不要管，不要出主意，不要不管在家里干什么都要爸爸妈妈陪着。保持一些距离其实也不是坏事，过分依赖，对孩子而言，就是少了很多人生的经历。

学会放开依赖，这就是独立。

平等不溺爱

对孩子少些溺爱，多些平等。中国文化中，严父慈母的历史传统非常悠久。天下父母都有一颗爱子之心，父母对子女的爱本是世界上最可贵的一种情感，无可厚非。但是，如果这种爱过了头，变为溺爱，便往往会适得其反。法国思想家卢梭曾这样说过：

"我们似乎对孩子有一种天生的溺爱，但你可知道，现在给孩子幸福，将来就是给他痛苦；现在给他天堂，将来就是给他坟墓。"

我们把对儿子最深沉的爱埋在心底，不去处处呵护，处处保护，以免造成溺爱。如果过分地溺爱孩子,会在不知不觉中形成"众星捧月"的家庭关系,使孩子成为家庭的核心,导致孩子变得自大、自私和任性。

我们对儿子爱严相济,通过良好的交流沟通,变孩子在家庭中的核心支配地位为受教育者和家庭普通成员的地位。这种平等健康的家庭关系,有利于孩子较快适应由个体家庭环境向集体环境的过渡。

平等对待孩子,说起来容易做起来难。我们家长往往很难蹲下来与孩子进行平等意义上的对话和商量。有些家长在孩子面前经常扮演"警察"或者"侦探"的角色,随意翻看他们的书包、信件,设法查验他们的 QQ、邮箱,这不仅会增加孩子的逆反心理,还会伤及他们的自尊心。

在中国社会,几千年来由于受"君要臣死,臣不得不死;父要子亡,子不得不亡"的旧封建礼教思想影响,强调"长幼有序""师道尊严""家长尊严",孔孟之道的文化从来没有把孩子当成平等的人来对待,所以成年人就理所当然地为孩子包办,就容易把自己的意志强加给孩子,把孩子变成父母的附属品,严重地抑制了孩子个性特长的发展。

引导不强求

爱因斯坦说,兴趣是最好的老师。兴趣是孩子学习的动力,浓厚的兴趣是获得成功的力量源泉。只有从兴趣出发,才能让孩子乐学。

孩子是最具有模仿能力的,所以言传身教很重要。我认为尤其是身教,其实想要孩子怎么做,我们就先怎么做,久而久之,孩子也就会跟着做了。

现在社会上有种怪现象,就是大多数孩子小小年纪要学很多门知识。很多家长不去考虑孩子学习效果如何,总以为学的内容越多,孩子就离成功越近,完全不考虑孩子是否愿意去学,有没有兴趣,结果既浪费金钱又浪费精力,更浪费了孩子天真、快乐的童年时光。

所以说孩子不喜欢的我们家长绝不强求,不把自己的兴趣强加给孩子,而是应该在生活中发现他的兴趣,加以引导和影响,循序渐进地培养孩子的兴趣。

儿子从小学习就比较自觉,经常深夜 12 点后房间的灯还亮着,一大早就得起床,让我们心里真的有些不舍。孩子的天性是贪玩的,有时他也会上网玩玩游戏、聊聊 QQ,与同学结伴跳跳街舞,我们一般不加干涉。儿子小时候先后也学过不少东西:电子琴、吉他、舞蹈、写作等,但大都是"狗熊掰棒子"。可他一直坚持学习写作没丢,他小学二年级就上了课外写作班,开始有些字还不会写就用拼音字母代替,文章不知道用标题,文中段落不分,句中"的""地""得"弄不清,标点符号用得最多的是感叹号……

我把儿子小时候写下的所有东西都原汁原味地输入电脑,然后教他加标题、分段落、正确使用"的""地""得"和标点符号,并学会用电脑。小学到初中每学期编一集《千里习作选》,经常选一些优秀的习作帮他投稿到报纸杂志发表。2009 年我与儿子合著出版了一本父子集《心海涛声》。

激励不责怪

美国著名教育家戴森·费里曼说过:

"激励是孩子成长的重要外部条件。孩子需要激励,就像植物生长需要水分。离开激励,孩子就不能成长。"

"聪明的父母,应当给孩子以信心。让他们在生活中锻炼自己并表现自己的能力;让他们证明自己的智慧,这就是激励,这种激励将使孩子成为生活的强者和成功者。"

赏识教育是世界著名的六种教育方法之一,其基本理念是:没有教不好的孩子,只有不会教的家长。

在孩子成长的过程中，需要父母给予充分的肯定和信任，激发他们不断追求、勇于进取的坚定信念。多给孩子一些鼓励，让他们在成长的道路上多一些欢乐，少一些压抑，这样他们才能多一些成功，少一些失意。

激励优于压力、批评，孩子需要的是激励而不是压力。压力是自上而下的重负，仅仅重视结果；激励则是向上向前的动力，重在努力、提高和进步。

"每个孩子都能成为天才"，而培养天才的最好方法就是激励；每个孩子都有成才的潜能，而激励往往能够促使孩子的潜能发挥出来。

我们从不拿孩子跟班上的同学比、跟别人家的孩子比，以免给孩子造成很大的压力；对成绩分数也不提任何要求。这样，他学习就会感到轻松、快乐，每次考试都能轻装上阵，让孩子收获健康快乐、学业有成的人生。

我们的传统文化里有"当面教子、背后教妻"之说。意思是可以当着别人的面批评打骂自己的孩子，但不可在别人面前批评教育自己的妻子。应该说，这是封建文化思想中的糟粕。孩子无论大小，都是和自己一样的人，都有自尊。如果当着别人的面斥责、教育孩子，孩子第一反应是失去了自尊，会感觉到没有"面子"，从而排斥你的教育，甚至在内心种下仇恨你的种子。

当孩子犯了错误时，做父母的当然不能放任，但也要注意场合和方法，要寻找适当的时机和场合向他指出来。这样，他就会从心底里接受。

人非圣贤，孰能无过。更何况正在成长中的孩子呢？把孩子的一些失误转变成教育资源，不要随意批评和责备他，而是通过表扬他的优点，来暗示他改正缺点，这样可以有效地保护孩子的自尊心和自信心，从而有利于孩子健康地成长。

2012 年 11 月 15 日

知性猫咪

近两年《镇江壹周》跑出来一只"猫",并成了只小有名气的"猫"。宜家猫专栏已成为《镇江壹周》的一个亮点,引来众多粉丝。

其实,我称得上是宜家猫专栏文章的第一读者,每篇文章发表前我都过过目。如今,宜家猫专栏文章集结成册,《像一朵莲那样萌》一书即将付梓,可喜可贺!

"把你写我的那篇《知性才女的笔下人生》放入新书的话要不要稍作改动一下? 太过高调了。"

这是前些日子猫在与我沟通为她的新书写点什么东西。

《知性才女的笔下人生》是为《中国妇女》杂志写的一篇文章,《金山》2011年第10期也予发表。全文共三个部分:

新闻是她倾心的事业;
文学是她生命的追求;
书籍是她心灵的慰藉。

众所周知,能给新书写序或书评之类者皆为位高权重抑或是文坛名人高人大家大师之类,愚一介白丁,文笔拙劣,怕写出的东西实在是没有分量。我怀疑自己有无这个能力,当然还怀疑自己的身份。

猫实在是一番诚意,我本想婉言谢绝了,但盛情难却,硬着头皮,只得尊重猫的低调。

这是一只收敛、含蓄猫,永远地把自己放在低处,依靠自己诚实的劳动和不懈的追求,静下心来读点书,动起笔想出点名,凭本事去赚点钱。

在时下普遍存在着浮躁的急功近利状况下,追求做人、做事和从文的低调,实属难能可贵。低调的人是生活的智者。他们知道自身的渺小,因而懂得敬畏大自然,懂得敬畏人世间一切永恒和博大,懂得山外有山、天外有天的道理。

低调做人是一种境界,低调是装不来的。猫不会做作,不懂世故,但颇有个性。想自己该想的,说自己该说的,做自己该做的。牌桌上你数落她几句,她能当场与你翻脸,且声泪俱下,拂袖而去;路见不平,她能当街与彪形大汉唇枪舌剑,语速之快,语调之高,无人匹敌。哪怕是她打你个电话,假如你一会儿不出声,便会责问:我的电话不要钱啊?! 在吾辈,劳动从不计较报酬,买东西从不讨价还价,谈钱总觉得丢份。

低调做人,就是要不做作、不娇柔、不喧闹、不假惺惺、不故作吟呻、不卷进是非、不招人嫌、不讨人厌。即使你认为自己满腹才华、能力过人,也要学会藏拙。而抱怨自己怀才不遇,那只是肤浅的考量。

纵观《像一朵莲那样萌》数十篇文章,文风新颖特别,幽默风趣,措辞犀利、锋芒毕露,一针见血;通过诙谐、有趣、鲜活、生动的语言,给人以轻松愉悦的感觉,这样的文字不能不让读者读性盎然。正所谓"与人庄言危论,则听者寥寥,与之谑浪诙谐,则欢声满座","谐语之收功,反出于正言格论之上"。

猫的诙谐、幽默,完全是来自她的丰厚的学养、渊博的学识。她有着深厚的古典文学功底,各种典故、雅事、丽辞、俗语几乎是张口就出,提笔就来。在书中,你能看到古今中外睿智的大家信使、消闲的大师轶闻、搞笑的名家趣事、雅致的哲人新语,从历史的多个侧面撷取风趣诙谐、笑料百出的趣味故事。再加上她还十分善于妙引现实生活中的"源头活水",把历史典故、文学艺术、时事新闻、网络事件、娱乐八卦等方方面面内容巧妙穿插,激趣其言,激趣其文,真乃已然地将其言其文之诙谐、幽默，演绎、挥洒到一个极致。茶余饭后，把盏小读，常常令人喷饭，带给你轻松的心情、乐观的态度、开怀的大笑。

10多万字的书中，文字毫无故意华丽辞藻堆砌、故意扭捏做作和一般文人的酸臭气，字里行间流淌着原汁原味浓郁的生活本色气息，能咀嚼出作者发自心底的真情实感的流淌、喷涌和宣泄。无论是喜是怒是哀是乐，抑或纠结愤慨或兴奋愉悦，文字里始终体现着女性的体贴温柔和慈爱，彰显和突出了一个女性的胸襟和善良本性。

在物欲至上的纷纭俗世中，我估计很少有人看过猫看过的那么多书。读书，这个我们习以为常的平凡过程，实际上是人们心灵和上下古今一切民族的伟大智慧相结合的过程。写东西无非多看，多思考，多写，厚积薄发。

猫对文学的热爱和痴迷、执着和不悔，委实非常不易和颇为难能可贵，这里边包含和融入了她的心血汗水的结晶和理想、追求、渴望、神往……多年来，她手中的笔从未中辍，辛勤地默默耕耘，坚守着爬格子的清苦和空寂，追寻着她的文学天国。

对文学的向往和追寻可以改变人的性格思想乃至世界观和价值取向，对文学的钟爱、追求、迷恋和持之以恒的执着甚或可以改变人的一生。

一个有梦的人，不忍心将有限的生命在指间悄悄溜走，想给自己的梦寻找一个归宿。猫就是在圆一个自己未了的梦，一个纠结和魂牵梦萦的文学梦。

2012年12月6日深夜

重生之花风信子

春节前,我与友人去逛花鸟市场,花花世界,琳琅满目,有花中贵妃海棠、清香妩媚的百合、粉嘟嘟的玫瑰、紫莹莹的蝴蝶兰……真是五彩缤纷、争奇斗艳。在百花丛中,友人看中了不起眼的风信子。只见土头土脑的风信子有着紫色的粗糙的外皮,里面裹着个白色的绒球,像个小洋葱。

风信子学名得自希腊神话中受太阳神阿波罗宠眷、并被其所掷铁饼误伤而死的美少年雅辛托斯(Hyacinthus)。风信子又名西洋水仙,既可以生长在水里,也可以生长在泥土里,不用浇水,不用施肥,不用治虫,什么都不用做,就等着开花。

红、蓝、白、紫、黄、粉红色的风信子,让人眼花缭乱。友人选了株粉红色的送给我。这是一株盆栽的风信子,粉红色的球茎,仿佛一只顽皮的小脑袋,好奇地探出来,想看看外面世界多么精彩。

原以为风信子三月才开花,谁晓得二月底就开了。不经意间,粉红色的一个个花苞竟毫无保留地绽放了。难道风信子也会早产?可能是因为早产的缘故,结果开成了歪脖子,且还歪得挺厉害。歪脖子总让人看着别扭,我便找根小树枝把它撑直。一天不到的工夫它就自己"改邪归正"了。知错就改,孺子可教。

初开的风信子,在光洁鲜嫩的绿叶的衬托下,恬静典雅,娇嫩欲滴,晶莹剔透,散发着迷人的香味,令人陶醉。粉红色的小花如风铃般优雅地撺掇在花柱上,虽然缺了点想象中这花名中隐含的摇曳和柔曼的花姿,但那一茎艳艳的粉红,略有间隙地聚在一起,点缀在仅有几片宽窄有致的绿叶间,所呈现出的那种简单、别致、优雅的美还是让人眼前一亮。没有郁金香的绚烂,没有薰衣草的静谧,却有一种桀骜的姿态,它的美是华贵而坚贞的,呈现的是一种来自生命质朴的华丽和优雅,在自然、低调、乐观中散发出来的是一种来自生命本质的清香。

在风信子幽幽的清香里,感受着生活真实的温暖与温馨。看着盛开的风信子,我想到了风信子的花语:

只要点燃生命之火,便可同享丰盛人生。

这句话不仅是生命生生不息的象征,同时也道出了风信子的芳容与内涵。

风信子最令人有感而发的还是她的第二次开花,死亡然后重生。因为风信子的花期过后,绿叶会全部枯萎,只留下鳞茎,来年它还会重新生长出根,生长出绿叶,开出夺目的花朵,所以风信子也代表着重生的爱。忘记过去的悲伤,开始崭新的爱。果断地剪去原来枯萎的花朵和枝叶,这就是使风信子再次开花的方法。

人生如花,我们在经历的人生又何尝不是要剪掉枯萎的过去,才能够坦荡地面对崭新的未来呢?

剪断过往,将已经枯萎死去的花枝剪去,才能再次开出美丽的花朵。死亡然后重生,需要多大的勇气,剪断过往而后重新开始,又需要多大的毅力呢?

风信子为我们诠释了何为生命以及价值。不要对已逝的过去念念不忘,只有放下过去,才能前行,忘掉该忘记的,才能够继续我们的人生,才能够实现自己应有的价值。生命不会因为某个点的挫败而停止前进,面对枯萎的过往,必须忘掉那些该忘记的,给自己重生的机会,也让生命再一次绽放。

风信子不是名贵的花,也不是最美丽的花,但是对我说来,却是最值得留恋最值得回味的花,它传送着友谊、爱与感动。

2013 年 3 月 13 日

你还要怎样更好的世界

在北京听过金正昆教授的现代礼仪中有关形象问题的讲座，记得其中有一句话：

"男人看表，女人看包；女人看头，男人看腰。"

就是说，在正式社交场合中，男人的手表是最重要的行头，他的身份、身价、时尚品位都跟手表有关；女人则主要看包，看品牌、款式，就像手是女人的第二张脸一样，包是女人的另外一件衣服，通过包的装饰和搭配，看其品位和内涵，也可以看出一个女人是否知性。女士看头是说要看发型，看化妆，头即是首，首是最重要的，发型的小小变化可以改变一个人的形象；男人看腰不是看腰带、腰围，而是说在腰上不能挂任何东西。当初 BB 机普及、手机刚刚进入市场时，经常有男士皮带上左边一个 BB 机，右边一个大哥大，俨然公务繁忙，但给别人的感觉并不是很舒服。大家什么时候看见联合国官员腰上挂钥匙、领导出来挂手机呢？违反这些软规则就会令人侧目。

自从陕西的"表哥"、福建的"表叔"、某地的"表爷"等接连落马，现在很多人尤其在公开场合不敢戴表了，官场更是"谈表色变"，官员从此不戴表。其实戴表并不能说明什么，毕竟手表的功能性并没有在现代社会丢失。比如你若用手机看时间就很麻烦，需要掏出手机，解锁，之后还要重复锁机，再把手机放回兜里。而看手表只是抬一下手臂而已。频繁看时间的话，手表更方便。人一天起码需要看十几次甚至几十次时间，用手机看无疑非常麻烦。

我一直有戴表的习惯，即使是在通信设备设施先进发达的时候，从使用BB机到手机，表也是不离手腕的，看起来方便，也是多年的习惯。

我有两块表，现在经常戴的是一块令人炫目的金表，一般人见了大都以为名贵，每当有人要鉴赏我这块金表时，我即毫不吝啬从腕上取下说，送给你好吧？鉴赏者把表在手上掂了又掂，脸上露出一副不屑的神情说，分量太轻。实话实说，这是我从电视购物上花299元买回的一对情侣表，女表送给妻子一直没戴。我觉得，表就是用来看时间的，尽管它不名贵，款式却很有个性，且电子表不用上发条，省事。

我的另一块表是参加工作后不久置办的，当时花了120元托亲戚从上海买的，"上海牌"21钻平面机械表。你可知道，那几乎是我一年的工资，刚进厂时我每月只拿13元的工资。所以这块表跟随我30多年也没舍得丢弃。只是机械表每天要定时上发条，比较麻烦，所以现在经常戴的是电子表。然而，这块20世纪70年代的老表，承载着我太多的岁月风华，一年又一年日日夜夜分分秒秒守候着我，到如今依旧走时精准，分秒不差。流逝的是岁月，不变的是心中默默承载的无可替代的过往情愫。

在这个物欲横流充满诱惑的世界，谁可以真正做到坚守——守着心里那片温柔、美丽的原始森林，不受尘世污垢的沾染。我们不能主宰世界，但能主宰自己，让自己去感受生活。

"树在。山在。大地在。岁月在。我在。你还要怎样更好的世界？"

这是台湾散文作家张晓风在《我在》一文中的一句话。

我在，在这个世界上。或许我只是占了这个世界上微不足道的一部分，但是，我在。即使时光变迁，我依然在。世界太丰富，我们所接触和拥有的毕竟很少，但只要我在，我在这个世界上，为了自己所追求的而不断追逐，这便足矣。或许每个人所经历的生活不同，所背负的使命也不同,但我们必须要清楚地明白,你是存在的,不仅仅是你的肉体,更有你的精神。

　　树在。山在。大地在。岁月在。我在。一切都在,一切都很美好,当珍惜身边所有的一切! 你可以幸运地来到这个世界,它本身就是一个巨大的奇迹。我们真的不需要再抱怨,再去发牢骚,觉得上天给的太少。看看四周,看看天空,望望脚下的土地,你不觉得感动吗? 这个世界给得太多,只是我们不曾认真体味这一切的一切。人生在世,不应该去多求那些本就不属于自己的东西,只要拥有自己的,那就足够了。人生不该奢求什么,更不该有多大的野心。真的,你还想要怎样更好的世界?

2013 年 10 月 4 日

第二章

生命永远像童年一样简单，是浅薄；

生命陷入世俗的纷争，是庸俗；

生命从纷争中得到解放，是觉悟。

正直中和

德才兼备是中华民族人才思想的崇高境界和光辉结晶，也是选用人才的根本标准。司马光在《资治通鉴》里对德与才有精辟的论述：

"聪察强毅之谓才，正直中和之谓德。才者，德之资也；德者，才之帅也。"

就是说，才能的意义是"聪察强毅"（聪慧、明察、有魄力、坚毅不拔），品德的意义是"正直中和"（公正、公平、不偏不倚、和平温柔），才能是品德的基础，品德是才能的主宰。

鉴古知今。现代社会对人才提出了更新更高的要求。今天的人才的素质较之古人有很大的提高。尽管如此，德才兼备仍是识别和选用人才的标准。

正直中和是人生"德行"的至高境界。"德行"的高低，构成一个人为人处世的基础，成为评判一个人的基本依据。对于人事干部来讲，正直中和又何尝不是我们职业道德、行为规范的要义所在呢？

所谓"正"，就是对己清正，对人公正。

正，即正派、正直、正当、正己、正物。如孔子所言：

"政者，正也，子帅以正，孰敢不正！"

"苟正其身矣，于从政乎何有？不能正其身，如正人何？"

岳飞曾指出：

"正己然后可以正物，自治然后可以治人。"

"治人""正物"，首先要"正己""化物先化人"，造就别人先造就自己。同时，为人处世，在方正之中还要善于使原则性与灵活性融合，内方外圆，圆而不滑，智圆行方，才是良好的处世态度。如果内外都很方正，一味方直，凡事没有一点儿变通回旋，爱走极端，未必都能把事情办好，取得积极效果。内心方正，而行为变通灵活，理正情通就能处理好棘手事务，繁难的问题就能顺利解决。方正是根本，圆通是方法，切勿本末倒置。

从一般意义上说，所谓清廉正派，是指人的言行公平合理，光明磊落，不徇私，不奸邪。清廉正派是具体的、历史的，不同民族、阶级和政党，具有不同的清廉正派观；不同时代，清廉正派的内涵和标准也是不同的。在今天，作为人事干部必须具备的一种政治品质、思想作风和人格力量，清廉正派被赋予了新的内涵，具有新的境界，同时也对坚持清廉正派提出了更高要求。

坚持清廉正派，就是要做到对己清正，对人公正，这是人事干部清廉正派的具体内涵和集中体现。其中，对己清正是基础，只有廉洁清正，才能公正做事，正派做人；对人公正是核心，公正不公正，关键看能不能奉公守法，客观公正地对待人民群众。人事工作者至要的就是要端端正正做人，公公正正从政，堂堂正正处世，做到"四正"，即心正、身正、言正、行正。

一是心正。把清正、公正铭刻在心，必须坚持不懈地加强党性修养和主观世界的改造，树立正确的世界观、人生观、价值观，不为名所困，不为利所动，常修为政之德，常思贪欲之害，常怀律己之心，把党性修养与人格锤炼结合起来，使党性原则通过人格实践体现出来，使自己的一言一行，一举一动都体现出人事干部应有的高尚人格。

二是身正。要树好清正、公正的形象，重要的一点是要做到洁身自好、以身作则，一身正气，这样才能站得稳脚跟，立得住威信。

三是言正。一方面要尊重事实、敢讲话，一方面不乱讲话。不该说的不说，坚决做到不符合党性原则的话一句不说，不符合政策要求的话一句不说，违反人事纪律的话一句不说。

四是行正。由于人事工作的特殊性，人事干部的一举一动备受社会关注。因此，对人对事要既有分寸，也有原则；既有主见，也讲人情。人事干部必须坐得端、行得正，才能树好清廉正派的形象，永远保持先进性。

所谓"直"，就是质直好义，诚信待人。

直，本意是一点弯子都没有，引申为是怎样就怎样。明代人丘兆麟说：

"心无所曲为直。"

直与曲相对，曲有屈服、曲意两种解释。屈服使人无骨气，曲意使人虚假，都很要不得。人要有真骨，有真气，所以要以直报怨。俗话说：无私才能无畏。只有去欲去私，为人处事不存私欲，才能刚直无畏。有私心私欲的人，必然瞻前顾后，畏首畏尾，遇事算计利害，不敢说一句大胆刚直的话。更有甚者，柔弱委曲，屈身逢迎，奴颜婢膝，不仅无刚气，而且全身连一根结实的骨头都找不到。康有为说刚德仍"刚健中正、纯粹精也"。这就是孔子极重刚德，不以刚德许人的道理。

直，又包含人的自然脾性和人格品德两方面。自然脾性方面的直是"率直"，"直"是好的，但"率"却不好，粗率的直，对己对人都会带来伤害；人格品德方面的直，是"正直"，合乎正道的直，是经过人格培养，合乎道理的一种品德。孔子说，质直而好义，是做人已到通达境界的表现。质直好义，体现出一个人的本色与平常心，发自内心的真诚不需刻意去讲究客套，或是巴结讨好，更不能人前人后，摧眉折腰，曲意逢迎，丧失人格。

诚实守信是清廉正派的基石。要把诚信作为人事干部工作、生活的第一准则，真诚待人，言而有信，一诺千金，说到做到，肯于负责。对人对事要开诚布公，有什么意见，摆到桌面上来，当面锣鼓当面敲，不当面一套背后一套。做到言行一致，表里如一，不口是心非、阳奉阴违，坚持原则，坚持真理，捍卫真理。在任何时候、任何情况下敢于说真话，旗帜鲜明，立场坚定。对组织襟怀坦白，忠诚老实；对同志肝胆相照，互助友爱；对上下左右，都要实事求是，敢讲真话，不阿谀奉承，不察言观色。

所谓"中"，就是不偏不倚，公道公平。

中，指居中，表示为人做事无过无不及，恰到好处。孔子说，中庸这种道德，是最高境界的。中者，中也；庸者，常也。中庸合二义为一，既体现为为人行事的一种外在尺度，又体现为立身做人的一种内在修养，对社会与人生它又呈现为一种境界、一种哲学。

孔子、老庄的理论无一不是在度上下了功夫。立身处世采取中庸的态度，即不过偏、不过激、不过冷、不过热，要适度，而不过度。适度地去看待自己，适度地去生活，适度地去对待周围的人和事，做到诚挚大方而不矫揉造作，珍惜友谊而不亲昵失度，谦虚谨慎而不虚情假意，幽默风趣而不轻率浅浮，自尊自信而不妄自尊大。

大千世界、万千气象中，人的聪明、人的智慧、人的成熟并非是少了什么、多了什么、要了什么、不要什么的问题，而是在做事上总能恰到好处，手中、心中，总有一个恰好的尺度。对人事干部来讲，就是要坚持对人平等，办事公道，坚持依法行政、秉公办理公务的工作准则。在具体工作中，做到"三个一样"：熟人、生人一个样；领导、群众一个样；台上、台下一个样。人事干部要经常检查自己的品行，什么时候都不能自己高看自己，不能把人事部门的职责、权力当作炫耀的资本，为人处事居高临下、盛气凌人，要时刻注意自我约束，切实改进作风。努力做到，对上不轻漫，谦虚谨慎，尊重服从；对下不张狂，严于律己，宽以待人；对外不卑不亢，坦荡处事，自重自爱。注意用自己的一言一行，维护人事部门的整体形象。

所谓"和"，就是和谐相处，团结协调。

和，即亲和、平和、人和、和谐、协调、协同、协力。就是待人接物要以诚相待，以爱相待，以和相待，达到"致中和"。与人和谐相处，当有慈惠之心，即对人有爱心，有温柔的胸怀，悲天悯人，爱护弱者，珍惜一切美好的东西；与人相处，或为官居职，有恩情、有恩惠。要学会宽宏大量，放弃一些个人利益，要原谅别人的过失，宽容别人的缺点，不要去宣扬别人的难言之隐，不要做使人难堪的事，不要总是盯着别人得到了什么，而想不通自己为什么没有得到。在社会交往和人际关系中，要懂得怎样缓解人际摩擦，协调人际关系；与人相处，要善于宽容，友好合作，以营造和谐的氛围，促成事业的成功。

孔子所说的和而不同，泰而不骄，就是恰到好处地对待自己和别人的两个方面。和与同正相反，和就不能为同，同则妨害为和；泰与骄也相反，求不骄容易，求能泰为难，泰是至高境界。会办事、成大事的人往往能借天时地利之助，更会依人和之利，能以他人之余以益自己不足，以旁人的长补自己所短。

人与人相处，当有精诚合作的精神，当有相互团结的诚意，当本着以和为贵的生活信念。要学会尊重别人，善于与自己不同意见的人和谐相处。人事干部要有宽大的胸怀和度量，具有亲和力。在工作中，团结同志，善于合作，求大同存小异，互谅互让，不搞权术。大事讲原则，小事讲风格，不大不小的事讲协调。要勇于剖析自己，敢于承认自己的缺点和错误。对于同志的批评，应"闻过则喜"，有则改之，无则加勉。在政治上，要有原则，有分寸，既要反对"拉山头""搞宗派"、划小圈子，也要反对无原则的一团和气；在经济上，不交酒肉朋友；同志间要体贴入微、关怀备至，用行动增进感情，用关心换取信任，用温暖拨动心灵。讲大局、讲团结，正确对待自己，正确对待同志，正确对待组织，正确对待群众，努力营造与人为善、关爱宽容、和衷共济、团结和谐的良好氛围。

公正办事、诚信待人、平等立身、和谐处世是人事干部职业道德和行为规范的核心。我崇尚正直中和的品德境界，愿毕生为之苦心修炼。

初稿1998年3月，二稿2005年3月

"领导"与"非领导"

　　和谐,是中国人千百年来"大同社会"的现代梦想。"和谐"由"和"和"谐"两字组成。"和"者,和睦也,有和衷共济之意;"谐"者,相合也,有顺和、协调、无抵触、无冲突之意。"和谐社会",就是让社会各成员、群体、阶层、集团之间的关系融洽、协调,无根本利害冲突,人与人之间相互尊重、相互信任和相互帮助,气氛良好。所以,"和谐社会"历来就是执政者治国的一个目标,历来就有"和为贵""内睦者家道昌,外睦者人事济""政通人和""亲仁善邻,国之宝也"之说,其重要性不言而喻。

　　当今,构建和谐社会成为新世纪的时代最强音,必然将带来整个社会方方面面的一系列深刻变革。

　　构建和谐社会更需要具有亲和力的领导。领导的作用,就是预测变革,适应变革,推进变革。因此,在构建社会主义和谐社会的实践中,领导观念与领导方法的变革及其领导行为方式的转变至关重要。

　　罗伯特·汤特所著的《深入组织内部》一书中,对"领导"与"非领导"的区别作了如下 32 项对比:

　　1. 领导者总是帮助支持员工;而非领导者则是控制主宰员工。

　　2. 领导者注重激励所有的下属,敞开办公室大门,帮助下属解决问题,对下属提供建议,做啦啦队的队长;而非领导者习惯于对下属发号施令,只对完成任务关心,很少关心员工个人。

3. 领导者一心关注组织目标,同时关心奖励员工;而非领导者更多的考虑的是个人的得失、官位的晋升,过分在意别人对自己的看法。

4. 领导者与下属在办公场所或是其他环境都能融为一体,彼此之间自然融洽;而非领导者高高在上,不随和,下属敬而远之。

5. 领导者没有专用的停车场和供个人使用的卫生间、餐厅、电梯;而非领导者则不断强化自己对独有物品的占有和享受权。

6. 领导者与下属保持广泛的接触;而非领导者始终与下属保持距离。

7. 领导者采用走动式管理;而非领导者只待在办公室,像做医生一样看门诊。

8. 领导者是一个很好的倾听者;而非领导者是一个健谈者。

9. 领导者力求把各种要求变得简单明了、易于操作;而非领导者使命令变得高深、复杂、难懂,有时故弄玄虚。

10. 领导者哪里需要就在哪里出现;而非领导者哪里不需要总在哪里出现。

11. 领导者追求的是公平;而非领导者只对上公平,对下不公平。

12. 领导者敢于拍板,有果敢力;而非领导者优柔寡断,凡事请示上级支持,无休止地开会商量。

13. 领导者比较谦虚,善于肯定下级;而非领导者骄傲自大,目空一切。

14. 领导者面对棘手问题不退缩、不逃避,坚忍不拔;而非领导者过于圆滑,老奸巨猾。

15. 领导者能容忍不同意见;而非领导者不能够容忍不同意见,顺我者昌,逆我者亡。

16. 领导者能够很快熟悉下属的名字和背景情况;而非领导者很少关心这方面情况。

17. 领导者有很强的自信心;而非领导者自信心不足。

18. 领导者常深入基层;而非领导者则高高在上。

19. 领导者信任下属;而非领导者只相信书面文字和数字。

20. 领导者逐步将看上去重要的工作下放权力;而非领导者包揽一切。

21. 领导者不会刻意追求个人名声,关注的是团队、组织的声誉;而非领导者突出个人,只追求个人而忽视组织整体。

22. 领导者勇于担当责任;而非领导者千方百计在问题面前寻找替罪羊。

23. 领导者善于赞扬下属;而非领导者总是抱怨下属。

24. 领导者非常注重信息反馈;而非领导者信息渠道单一,缺少反馈。

25. 领导者即使面对压力也能保持诚实;而非领导者没有原则,常常虚伪,含糊不清。

26. 领导者给下级造成的印象是直言不讳;而非领导者善于耍花招。

27. 领导者言行一致;而非领导者不诚实,言行不一,在大会上经常会说一些自以为下属喜欢的话。

28. 领导者喜欢面对面地交流沟通;而非领导者喜欢做备忘录、长篇报告。

29. 领导者很少有书面的规划,在室内室外很少题挂文字的口号;而非领导者有大量的文字的书面规划。

30. 领导者注重在组织内部培养提拔下属;而非领导者则多从外部引入替代。

31. 领导者办公室布置简单、朴素;而非领导者办公室布置张扬,设施豪华。

32. 领导者认为在组织内部至少有两个以上的下属可以接替自己的工作;而非领导者总是设法确保没有一个人能够取代自己。

当然,由于中西方体制和文化等方面的差异,上述有些内容我们不可照搬照套,但并不能因此否认其非权力观的科学要核。

和谐社会,是民主法治、公平正义、诚信友爱、充满活力、安定有序、人与自然和谐相处的社会。在这个时代,领导的权力作用在减弱,以知识、能力、品德和情感构成的非权力影响力尤其是非智力资源因素作用将会不断增强。领导艺术是人性化的行为艺术,寓情于理、以情感人、尊重人性,是发挥领导艺术的最有效手段。构建和谐社会,领导首先要坚持把以人为本作为工作的根本出发点。如果不考虑人性因素,生硬地靠领导权威实施管理,领导意图或许能够得到较好贯彻,也能在一定的效率保证下促使目标的达成,但从另一方面讲,团队可能会因此缺少一种亲和力,一种轻松、和谐的氛围,甚至会处于压抑状态进而缺少主动性、创造性。

　　领导是人,不是神。"人"字的一撇、一捺相互支撑。如果一撇表示一个人的知识、能力,即智商(IQ),那么一捺则表示一个人的心理、品质,即情商(EQ)。一般而言,一位成功的领导,智商因素占20%,情商因素占80%。具有亲和力的领导,正是其富有高情商的重要体现。

　　在领导活动中,从权力观转向非权力观,从重智力资源开发培养到更重非智力资源开发培养的转变,就是指领导者通过自身良好的综合素质和行为的体现,建立领导威信,从情感上影响下属,使下属团结在自己周围的一种凝聚魅力。这种影响力,表面上没有权力那种明显的约束力,但它更多地属于自然性影响力,其产生的作用远比权力性影响广泛得多,往往能起到权力影响所起不到的效果。非智力资源的开发培养乃至非权力性领导力是领导艺术的至高境界,作为领导者要时时处处修炼和提高自身的品格修养、职业素养,这样才能成为一个真正的、成功的领导。

2005 年 5 月

做事先做人

有则哲理短文颇耐人寻味。说的是：

曾经有一个记者在家写稿时，四岁的儿子吵着要他陪。记者很烦，就将一本杂志的封底撕碎，对他儿子说："你先将这上面的世界地图拼完整，爸爸就陪你玩。"过了不到 5 分钟，儿子又来拖他的手说："爸爸我拼好了，陪我玩！"记者很生气："小孩子要玩是可以理解的，但如果说谎话就不好了。怎么可能这么快就拼好世界地图！"儿子非常委屈："可是我真的拼好了呀！"记者一看，果然如此。不会吧？家里出现了神童？他非常好奇地问："你是怎么做到的？"儿子说："世界地图的背面是一个人的头像。我反过来拼，只要这个人好了，世界就完整了。"

这个故事虽然简单，寓意并不平常，如果另辟蹊径，是不是可以得出这个结论：人做好了，他的世界也就好了。

为人处事是一个人终生的必修课，其中包含很多哲理和方法论。宗教、哲学、心理学，是研究思维和方法论的学说；孔孟之道、浩如烟海的法律法规、政策体系，是指导人们为人处事的基本准则；文学作品，于潜移默化中教育人真善美乃人之优良品德；《资治通鉴》是为国家管理者提供的为人处事教科书；一本《厚黑学》是教人如何智慧做人机警处事；老子的《道德经》，从道学理论上约束人的行为，规范人的言论；孙武的《孙子兵法》从计谋上指导人们如何取胜；佛教的《金刚经》从佛学上对信徒进行传道……

说千道万，要想安身立命先从做人开始，"做事先做人"，这是一条千古不渝的真理！在我看来，做人的基本素养就是：一个人（有血有肉）；两个笔画（一撇一捺）；三重境界（立德、立功、立言）；四种品格（正、直、中、和）。

所谓一个人，就是说，人是感情动物，有血有肉，有七情六欲，不是不食人间烟火的神。

做人，最重要的是诚信。俗话说"人无信不立"。诚信是诚实和信用的概括。诚实就是要做到一是一，二是二，实事求是，不虚假，不伪善、言行一致；信用则表现为履行责任、兑现承诺。

孟德斯鸠在其著作《论法的精神》一书里认为："中国人生活的不稳定使他们具有一种不可想象的活动力和异乎寻常的贪得欲……中国商人有三种秤：一种是买进用的重秤，一种是卖出用的轻秤，一种是准确的秤，这是和那些对他有戒备的人们交易时用的。"孟德斯鸠的看法真称得上是一种"侮蔑"。就他所说的秤而言，每杆秤都有一个定盘星。"定盘星"就一直有公平、公正、公开之意。历史上的老秤，十六两为一斤，在秤杆上有十六个刻度，每个刻度代表一两，每一两都用一颗星来表示。据说秤杆上的七颗星代表北斗星，六颗星代表南斗星，除这十三颗星外还余三颗星，分别代表福、禄、寿三星。如果商人给顾客称量货物少给一两，则缺"福"；少给二两，则表示既缺"福"还缺"禄"；少给三两，则"福""禄""寿"俱缺。我国古代诚信的商业文化由此可见一斑。我们尽可以找出更多的依据来批驳孟德斯鸠的偏见，但在我国历史和现实中，组织和个人许多时候表现出来的缺乏诚信的事实，必须引起高度警惕和重视。诚信是一种至高无上的价值准则，我们每个组织、每个人都应该坚持。

"人"字一撇一捺，两个笔画。如果一撇表示一个人的心理、品质，即情商（EQ），那么一捺则表示一个人的知识、能力，即智商（IQ）。智商反映出的智力能力是基础；情商反映出的适应他人、单位、社会的能力是关键。

在日常工作和生活中，经常看到这样一个事实：一个人智力很高却难以与人合作；一个人有良好的社会认知能力，但在工作中却缺乏应有的原则性和责任感；一个人有良好的教育和文化素质，却安于现状、不求进取；一个人可能有很强的个人能力，但是情绪不稳定，同事关系紧张，很难"充分发挥能力"。美国人才学家丹尼尔·戈尔曼博士指出，人的社会成功基础不仅仅在于智商，而更多地取决于情商；如果一个人情商高，就能够无限地发挥智商，反之，智商的发挥就会受到阻碍。日本人才学家土屋京子认为，一个人在社会上成功的因素，智商仅占 20%，情商要占 80%。

"情商"一般包括：自制力、忍耐力；热情、积极性；责任心；同情心；协调力。而人的成就欲、责任感、敬业精神、合作与协调能力、价值观与人生观、信念等，都具有很强的社会性特点，并在人的社会化过程中形成并稳定下来，是一个人能力素质的关键因素。

人是情感与理智的结合体。人格修炼的境界，实质就是一个人的情感与理智的平衡度。过于理性，就像一台冰冷的人脑计算机，缺乏激情，可敬而不可亲；过于感性，则容易感情用事，失去原则。

立德、立功、立言是人生在世的崇高追求，三重境界。立德靠修养；立功要机遇；立言凭水平。

豹闻之曰：

"大上有立法，其次有立功，其次有立言。"

《左传》里讲，人生三不朽：太上有立德，其次有立功，再次有立言。不仅明确划分了其中递进的境界，还以三者兼得为人生至善至美之境。今天来讲，立德就是讲做人，立功就是指做事，立言就是做学问。

不论你是做事还是做学问，做人是最起码的要求。立德是做人做事之要。中华民族历来强调个人品德，"德者，本也"，将德视为做人最基本和最高的行为准则，并把个人品德延伸至家庭，拓展到社会，置整个社会于规范的道德秩序之中，使社会生活、生产井然有序,民众安居乐业。一个人只有立德,才能以崇高的人格魅力赢得人心。

所谓立德靠修养,主要是指个人的主观努力,自我觉悟。不仅是修个人之身,养个人之德,还应立足自身,心怀天下;关注与人类生存发展紧密相关的生态环境、科学技术、世界和平等;生活中,用心做一个民主社会的合格公民,培养民主精神,提高民主素质,注重人文修养,达到爱人如爱己的境界。

所谓立功要机遇,是指主观努力仅仅是一个方面,还要有施展才能的舞台。成就事业有三要素:才气、勇气和机遇。只能看到机遇而无才气和勇气不行,只有才气和勇气而抓不住机遇也难有作为。才华是一种创造力,一个人的成功既要有机遇,又要有一定的功底与才华。机遇常喜偏爱那些为了事业的成功做了充分准备的人,那些有能力、有才干的人。然而这些能力与才干的获得,无不是来自艰苦不懈的努力。实力是自己做人的资本,实力没有机遇的光顾也会成为人的骄傲与精彩,机遇没有实力的铺垫无论如何也不能成为任何一个人聊以自慰的炫耀品。实力不是权力,实力不是财力,实力不是关系,实力归根到底是个人的创造力。

其实,立言的本质并没有什么玄妙,无非就是坚持真理,发现真理,给这个世界留下人类的精神财富,而这不是只靠修身养性或是只有勇气就可以办到的。历代先贤,皆把立言当作自己的历史使命。他们通过实践,用文字记录其政治理想、治国方略,教化民众,启迪后人,产生了深远的历史影响。立言不是为个人歌功颂德,欺世盗名,而是要勤于思考,善于总结,将对人生与社会的切身体验,将自己工作中的经验教训由实践上升为理论,由感性上升到理性,为今世后代提供可资借鉴的宝贵精神财富。立言不只是要说实话,要说得精彩,还要他人所未说、他人所不敢说的话,说出自己的话,说出有力量、有良心的话。并且因为要总结历史、要研究现实、要预测将来,还要敢于说真话,不唯名,不唯利,不唯权威是瞻,只唯真,只唯理。

"正、直、中、和"是做人做事的品德意义，也是人生"立德"的至高境界。"德行"的高低，构成一个人为人处世的基础，成为评判一个人的基本依据。

　　司马光在《资治通鉴》中说：

　　"聪察强毅之谓才，正直中和之谓德。才者，德之资也；德者，才之帅也。"

　　就是说，才能的意义是"聪察强毅"（聪慧、明察、有魄力、坚毅不拔），品德的意义是"正、直、中、和"（公正、公平、中庸、谦和）。才能是品德的基础，品德是才能的主宰。这是对德与才精辟的论述。

　　"正、直、中、和"是人生四种品格境界。"正己然后可以正物；自治然后可以治人。""治人""正物"，首先要"正己"，"化物先化人"，造就别人先造就自己。同时，为人处世，在方正之中还要善于使原则性与灵活性融合，内方外圆（即内心方正，行为圆通）才是良好的处世态度。"心无所曲为直。"人要有真骨，有真气，以直报怨。孔子说：

　　"质直而好义。"

　　这里讲的直，包含人的自然脾性和人格品德两方面。自然脾性方面的直是"率直"，"直"是好的，但"率"却不好，粗率的直，对己对人都会带来伤害；人格品德方面的直，是"正直"，合乎正道的直，是经过人格培养，合乎道理的一种品德。与人相处，要尊重别人，善于宽容，友好合作，和衷共济，以营造团结和谐的良好氛围。

2005 年 11 月

临渊羡鱼　退而结网

"临渊羡鱼,不如退而结网"这句话,见于《汉书·董仲舒传》,书中说:

"故汉得天下以来,常欲治而至今不可善治者,失之于当更化而不更化也。古人有言曰:'临渊羡鱼,不如退而结网。'"

意思是说,汉朝希望国家能得到很好的治理,却没有达到这个目的,原因在于"当更化而不更化",也就是没有在观念上、制度上做出必要的改革和调整,于是他借"临渊羡鱼,不如退而结网"这句古训,来告诫统治者,要治理好国家,必须抓住观念、制度这个根本。

"临渊羡鱼,不如退而结网"这一典故,也告诫人们,在目的与手段之间,有明确的目的固然重要,但如果没有实现这一目的的必要手段,目的将是空幻而不切实际的。就如同我们要过河,得首先解决船和桥的问题一样。

构建社会主义和谐社会是新时期经济社会发展的重要目标之一,在指导方针、政策措施上,要以扩大就业、完善社会保障体系、理顺分配关系、发展社会事业为着力点。其中,完善社会保障体系作为一个重要的着力点,对于促进实现社会公平,形成和谐的社会关系具有重要作用。如果说就业是"民生之本",分配称得上是"民心所系",那么社会保障则是"民安所在"。

社会保障是国家通过立法保障劳动者和社会成员因年老、疾病、失业、丧失劳动能力时获得物质帮助的一种社会安全保险制度。

社会保障是社会的安全网,它包括社会保险、社会救助、社会福利和优抚安置。其中,社会保险是对劳动者在暂时或永久丧失劳动能力、失业时的基本生活需要和基本医疗需求在物质上给予的社会性帮助和保障,它是经济可持续发展的"调节器",社会发展的"减震器",实现经济效率与社会公平的"平衡器"。社会救助是对无劳动能力或失去生活来源者,以及因自然灾害等原因造成生活困难者给予的物质帮助,从而保证其基本的生存权和医疗权,是对低收入群体提供的最后一道"安全网"。社会福利对社会成员提供服务保险、设施保障,提高社会所有成员的福利水平,是促进共同富裕、推动社会和谐发展的重要手段。优抚是对那些为保卫国家的安全而做出贡献和牺牲的人在物质上给予的优待和抚恤,安置是对复员退伍军人在生活和就业上给予妥善的安排和照顾,优抚安置在我国社会保障体系中占有特殊的重要地位。

构建和谐社会作为国家努力追求的目标,公平与正义是其核心价值追求,也是社会保障制度的核心价值取向。社会保障的产生与发展,以缩小社会不公平和确保社会公平为天然职责,以调节收入分配差距,并保障、改善民生为出发点与基本目标。

发达国家的实践表明,社会保障是解决各种社会问题的不可替代的重要工具,社会救助可以缩小贫富差距,社会保险可以化解劳资矛盾,社会福利可以让全体国民共享经济社会发展成果。

可见,和谐社会是推进经济社会发展的"渊中之鱼",社会保障制度是社会稳定的"安全之网"。和谐社会离不开社会保障,社会保障能够促进社会和谐,两者相辅相成并相得益彰。

目前,我国人均 GDP 已突破 1000 美元,正在向人均 3000 美元的新台阶跨越,这既是发展机遇期,也是矛盾凸显期。随着我国工业化、城镇化和经济结构调整的加速,以及我国经济成分、组织形式、就业方式和分配方式的多样化,当前和今后相当长一段时间内,我国经济社会发展面临的矛盾和问题可能更加复杂和突出。在我国全面建设小康社会的关键时期,为避免可能出现的经济社会问题,巩固改革发展的成果,推动经济可持续发展,就必须积极促进社会和谐,有效化解各类矛盾,更好地协调各方面的利益关系,最大限度地激发社会各阶层、各群体、各组织的创造活力。建立健全与经济发展水平相适应的社会保障体系,是维护社会公正、协调社会利益、构建和谐社会的重要手段,是社会和谐发展的客观基础与必要条件,它作为国家干预收入分配和协调经济社会发展的重要工具与基本手段,具有缩小差距、化解矛盾、共享发展成果等多方面的独特功能。在市场经济条件下,要促进社会和谐发展和实现社会公平,在很大程度上需要依赖社会保障,许多社会问题、社会矛盾以及个人和家庭的诸多生活风险只有依靠社会保障制度才能获得解决。要不断完善社会保障体系,扩大社会保障的覆盖范围,为社会稳定、社会和谐提供有力的支撑。

构建社会主义和谐社会,要坚持以人为本,维护和发展最广大人民的根本利益。中国从 20 世纪 90 年代初起把生存权和发展权作为首要人权。党的十六大已经提出要完善健全社会保障制度。为什么要提出社会保障制度? 这实际就是经济社会文化权利问题,是生存权问题。一个人的生存权要靠什么来保障? 我认为从根本来讲要靠制度来保障。社会保障制度就是生存权、发展权的根本保障制度。但是由于受到国家经济发展各个方面因素的限制,我们的社会保障制度还不完善,到目前为止还没有一部关于社会保障的基本法律,特别是最基本的养老保险制度。目前,机关事业单位工作人员实行的是"国家保险"(有些地方探索建立的事业单位养老保险,也只不过是一种地方统筹的性质);企业实行的是"社会保险";农民实行的是"家庭保险",下一代养上一代。城乡之间、不同性质单位人员之间在制度上相互分割,形成壁垒,互不贯通,互不衔接。在社会保障制度建设中,目前群众要求最为强烈的是扩大社会保障覆盖面,建立统一的社会保障制度。由政府提供的社会保障,其受益对象应是包括农村居民在内的全体公民,体现以人为本的原则。建立统一的社会保障制度重点是要构建覆盖城乡贫困人口的全国统一的社会救助制度,将社会保险制度覆盖到全体社会成员。应运用国家财政、民间和市场资源推进各项公共社会福利,发展优抚安置和各种补充保障事业,从而形成全国统一的社会保障制度,将更多的社会成员特别是中低收入者纳入社会保障体系。

应该承认,多年以来,尽管我们做了很多努力,但社会保障的覆盖面还是太窄,多数城镇职工未能享有社会保险,而广大农民则基本上未被纳入社会保障体系之内。这种情况造成了严重的社会不公平,并且已经成为社会长期稳定发展的隐患。国家现在明确提出要增加财政的社会保障投入,提高基本养老保险社会统筹层次,加强社会福利事业和社会救助体系建设,特别是首次明确要求要"认真解决进城务工人员社会保障问题","有条件的地方要积极探索建立农村最低生活保障制度"。这些重要措施将对加速扩大社会保障覆盖面起到重要作用。

社会保障作为能够让全体国民共享发展成果的基本制度,近百年来构成了绝大多数国家社会发展的主体内容,成为社会文明进步的重要标志。国际上凡是社会保障制度健全的国家,均是能够实现社会和谐发展的国家;凡是社会保障制度不健全的国家,其国内社会问题必然日益恶化。因此,社会保障制度实际上与和谐社会构成了正相关关系,社会保障体系是构建和谐社会的核心指标。

20世纪初,列宁预言资本主义是腐朽的、垂死的、没落的,一百年以后的现在,资本主义却腐而不朽,垂而不死,一般的理论分析都主要归因为二战以后西方国家科技的大发展,以及以西方国家为主导的不合理、不公平的世界经济制度下资本对大多数第三世界国家的进一步剥削。但我认为,除了上述因素以外,还有一个重要因素,那就是西方国家所实行的社会保障和社会救助制度,部分改变了资本主义市场经济运行机制,从而缓和了尖锐对立的社会矛盾,避免了社会的两极分化,减少了经济危机的波动。其社会结构有其合理的成分,需要我们通过改革开放加以吸纳和借鉴。一百多年前,伴随着资本主义市场经济的发展,西方发达国家无一例外地出现了贫富差距逐步扩大,劳资矛盾日益尖锐,工人运动风起云涌的现象。比如,19世纪中期以来不断发生的工人罢工,最终导致1871年的巴黎公社暴动,19世纪下半叶德国的工人运动,1917年的俄国革命,20世纪30年代经济危机期间各国发生的游行示威和罢工等,使社会危机不断加深,并直接威胁到资本主义的统治。正是在这种历史背景下,资本主义国家的政府不得不改变策略,逐步采取了节制资本、缩小分配差距、缓和社会矛盾的一系列政策和制度。比如,在19世纪下半叶德国率先实行的社会保障制度,20世纪30年代大危机以后西方世界普遍推行的日益完善的社会保障制度和社会救助制度,以及在不少发达国家普遍实行的免费教育、免费医疗制度,调节收入分配的所得税、遗产税等制度,从而逐步缩小了贫富差距,缓和了社会矛盾,避免了社会危机,为二战以后西方国家的长治久安和经济繁荣奠定了良好的基础,并产生了有史以来西方国家发展的"黄金时期"。社会结构呈中间大、两头小的橄榄球形,中间大部分是中产阶层,是比较殷实的小康阶层,一边小头是富翁阶层,另一边小头是穷人阶层。这样,穷人和富人都占小头,占少数,而小康人家即中产阶层是绝大多数,这样就保证了社会的长治久安。

　　实现和谐发展是人类共同的理想与追求目标,健全、完善社会保障制度是促进社会和谐发展的必由之路。中国正处在计划经济向市场经济转型期,社会保障制度改革从1986年起步,目前整体上已形成政府主导、责任共担、社会化的多层次社会保障体系。然而,能够适应市场经济与社会发展需要的新型社会保障制度还未真正形成。社会保障制度的健全、完备程度,将是中国向和谐社会迈进的重要标志。

2006年1月

定力与制度

"定力"是佛家语。有佛学家言：

"有定力的人，正念坚固，如净水无波，不随物流，不为境转，光明磊落，坦荡无私；有定力的人，心地清净，如如不动，不被假象所迷惑，不为名利而动心，定学修持到一定程度自然开慧。"

两千五百多年前，位于今尼泊尔国境内的迦毗罗卫国王子悉达多·乔答摩，于 29 岁时毅然舍弃王位，离别妻子，出家修行。他在雪山苦修六年，后在菩提树下静思入定，打坐 49 天，夜睹明星，大彻大悟，从而创立了佛教。此人便是佛祖释迦牟尼。释迦牟尼之所以成为佛教的鼻祖，是因为他不但具有超凡的智慧，而且具有超凡的定力。

释迦牟尼的故事，不免带有神化的成分。但不管怎么说，定力对于一个人来讲确实是难能可贵的，它是建立在一种对人生的深层次感悟基础之上的，是一种崇高的精神境界。

王国维在《人间词话》中说：

"古今之成大事业、大学问者，罔不经过三种之境界。"

第一种境界是"昨夜西风凋碧树，独上高楼，望尽天涯路"，这是一个人在孤独之中寻找理想、寻找生命着落点的痛苦时刻。第二种境界是"衣带渐宽终不悔，为伊消得人憔悴"，这是一个人找到了值得奋斗的目标，全力以赴不惜一切代价而努力的过程。第三种境界是"众里寻他千百度,蓦然回首,那人却在,灯火阑珊处",这是一个人通过自己的苦苦寻求和努力,发现自己想要的东西原来就在自己的身边而领悟后的心理。这时候,世俗目标是否达到已经不再重要,重要的是灵魂的解放和心灵的归属。

　　一个人的生命应该从简单开始,进入复杂,然后再回归到更高层次的简单。此时的简单已经不再是童年时的简单,而是经历人生风雨之后的豁然开朗,就像雨后的晴空,一碧如洗,境界高远开阔。生命永远像童年一样简单,是浅薄;生命陷入世俗的纷争,是庸俗;生命从纷争中得到解放,是觉悟。觉悟后才能进入王国维所描述的第三种境界。

　　世界上的事情说起来容易做起来难。据《东坡志林》记载:宋朝苏东坡居士做了一首诗偈,叫书童乘船从江北瓜州送到江对面,呈给金山寺主持佛印禅师指正,偈云:

　　"稽首天中天,毫光照大千。

　　八风吹不动,端坐紫金莲。"

　　禅师看后,即批"放屁"二字,嘱书童携回。东坡一见大怒,立即过江责问佛印禅师。禅师对他说:

　　"从诗偈中看,你修养很高,既已八风吹不动,怎又一屁打过江?"

　　东坡一听,默然无语,自叹修养不及禅师。

　　历史上,佛印禅师跟苏东坡是好朋友,经常在一起谈禅斗机锋,可是苏东坡每次都输给佛印禅师,据说苏东坡连他的帽子、袍子,乃至皇帝赐给他的玉带,全输给了佛印禅师。佛印禅师是比较了解和关心苏东坡的,知道他虽然喜欢内典,颇有解悟,可是缺乏实践工夫,习气较深,对富贵功名看不破、放不下。所以,佛印禅师致东坡居士书中,曾不止一次点破他,说:

　　"时人忌子瞻作宰相耳! 三十年功名富贵,过眼成空。何不猛与一刀两断？"

又说：

"子瞻胸中有万卷书，笔下无一点尘。为何于自己性命便不知
下落？"

这些无非是禅师的一片苦心，随机劝导，为其解粘去缚。可惜
东坡居士并未接受这些苦口良言，以致到临终时才知平时的工夫不
得力。

"八风吹不动"原是唐朝诗僧寒山诗歌：

"寒山无漏岩，其岩甚济要。

八风吹不动，万古人传妙。"

八风，佛教用语，就是我们日常生活中经常所遇到的八种境界
的风：称、讥、毁、誉、利、衰、苦、乐。称——每逢人家"当面称赞"我
们的时候，总不免感到满怀的欢喜；讥——每当人家"当面责骂"我
们的时候，总令我们感到无限的羞辱；毁——有些人总爱"背后说人
家的坏话"，一旦让我们知道了，总感到忍受不了，甚至心存报复；
誉——当人家"背后褒奖"我们，认为是一种荣誉，不免沾沾自喜；
利——当我们的事业成功，"顺利通达"的感受自然令我们感到满
足；衰——当我们的事业衰败，所有的打击不免使我们感到万分的
颓丧；苦——当种种的烦恼逼迫得我们身心难以承受时，深感人生
确为一大苦聚；乐——当我们的身心非常惬意时，总认为那是人生
快乐的享受。四顺四逆一共八件事，前四项偏于名，后四项偏于利。
这八种境界是人生名利、得失、盛衰、成败的总和。苏东坡已经是一
个悟透人世沧桑的高人，依然被别人的情绪所左右，可见我们要达
到生命豁然开朗的境界，还需要很多的修炼。

人贵有自知之明。平常之凡人毕竟不是能够参禅悟道的修道
之士。人性的弱点，虽然不能说是与生俱来的，但往往在所难免。

有一则寓言《人的缺陷》，说的是：

经过几十年努力,有个科学家终于研究出了克隆人的方法。他的技术非常精湛,以至于外人根本无法辨别真人与克隆人。一天,科学家听说死亡天使要来找他,很害怕,就复制了12个无懈可击的克隆人。看到13个一模一样的人,死亡天使不知所措,只好无功而返。死神听完他的汇报,轻轻一笑说:"你对人类的天性还不了解,我教你一个辨别的方法……"得了上司的秘传,死亡天使信心十足地回到人间,对13个"科学家"说:"先生,您能做出这么逼真的拷贝真可谓天才。不过,我还是发现了一个小缺陷,虽说是个很小的漏洞……"天使的话还没有说完,科学家便在原地跳了起来,大声质问:"不可能,我研究克隆已经几十年了,我是这个领域的权威!你说我的技术有缺陷,有什么缺陷?""这就是缺陷。"说着,天使从克隆人群里抓起真正的科学家,纵身飞离人间。

对外界的批评和赞美,很多人无法冷静对待,这是他们人格中最大的缺陷。

个人的定力究竟有多大,能"定"多久,只能靠不稳定的主观意志来有效实现。抵制诱惑的定力往往有限,在巨大的诱惑面前只靠定力来抵制,那是靠不住的。

在现实生活中,绝大多数人都能对明显的危险保持足够的警惕。可是,当致命的诱惑伴随着微小的威胁走近时,理智和道德往往为贪欲让了路。因为,定力说到底不过是自律的内在的东西,而要真正长期抵制诱惑,关键是要建立起一套严密的制度,来保证人们不被"八面来风"的种种诱惑"湿鞋"。

严密的制度就是悬在每个人头顶上的一把达摩克利斯之剑,它会从外部增强一个人抵制诱惑的定力;制度也是套在无形权力"野马"脖颈上的一道缰绳,使盲目放纵的权力得以收敛。邓小平同志多次强调,制度建设更带有根本性、全局性、稳定性和长期性。"制度好可以使坏人无法任意横行,制度不好可以使好人无法充分做好事,甚至会走向反面。"我们之所以要强调制度的重要性,并不是要否定人的自律、自觉的作用，而是说，在制度与人的自律之间，我们更应该注重制度。如果我们对一些特殊的群体，把对他们信任和他们的自律提到了不适当的高度，形成了制度缺陷，就可能为腐败分子留下了犯罪的空间。

"总统是靠不住的"，这句话曾经流行一时，因为它揭示了一个道理：人，包括官员在内都是自利性的，如果没有监督，特别是没有制度的监督，为了利益，什么都可以做得出来。这里，我们不去讨论人的本性是善还是恶的问题。然而，"绝对的权力必然导致绝对的腐败"，当制度的漏洞为腐败提供了较低的成本，为反腐设置了过高成本时，软性的道德自律便会慢慢失去作用。

看来，为官从政者没有定力是万万不行的，但仅靠定力也是远远不够的。一定要有完备有力的制度去约束他、监督他，要有法治与德治结合的理念。我们当然希望每一个履行公职者都是有定力的，但是，我们更希望建立起完善的"阳光制度"，让为官从政者不仅"定"得住，还"定"得稳。

2006 年 6 月

播下一种心态

播下一种心态,收获一种思想;

播下一种思想,收获一种行为;

播下一种行为,收获一种习惯;

播下一种习惯,收获一种性格;

播下一种性格,收获一种命运。

这是英国著名作家萨克雷的一段名言。心态改变,命运就能随之改变。

心态表现为人的精神上的倾向与态度,心理上的意识与习惯,道德上的气质与境界及其三者融合而成的人格模态。这个模态不可能处于绝对平衡状态,需要不断调整,以适应社会事物变化。因此,心态调适构成社会和谐的人格逻辑。

心态决定人生事业的成败。人生事业的完成过程是,由欲望产生梦想,制订计划和学习知识,靠意志力坚持到底。但是,人生的路能延伸多远,人生境界能升多高,是由心态决定的。心态是性格与态度的合称。这里一个很重要的问题就是如何把握好看问题的角度。良好的心态,是一个人成熟的标志,也是一个人修养程度的体现。

美国有位心理学家依据自己和他人所采取的基本生活态度,提出了四种心理模式:

"我行,你不行;我不行,你行;我不行,你也不行;我行,你也行。"

这四种人际交往的态度模式是建立在一定的价值观念、认知方式、个性特征及行为习惯等诸因素的基础之上的,现实生活中种种复杂的人际交往方式都是这四种基本模式的不同程度的展现。

"我行,你不行",肯定自己,否定他人。持这种态度者称之为"鳖精心态"。

这种心态是处于相对优越地位的人常见的心理模式,充满优越感,居高临下,自以为是,否认他人的生活方式和价值观,对他人颐指气使,指手画脚,往往以自我为中心,自私自利,喜欢自我夸耀,傲慢至极,唯我独尊,盛气凌人,目中无人,虚荣心强,钩心斗角,很难与人相处,把人际交往的失败通通归于他人,总认为自己对别人好,而别人对自己不好,为此愤愤不平。自大是影响社会和谐的不良心理特质,它是嫉妒、轻慢、怨愤的根源。

意大利诗人但丁说得好:

"骄傲、嫉妒、贪婪是三个火星,它们使人心爆炸。"

自信令人佩服,自大叫人厌恶。医治自大的药方是中庸,用至诚作引。《中庸》说:

"唯天下至诚,为能尽其性;能尽其性,则能尽人之性;能尽人之性,则能尽物之性;能尽物之性,则可以赞天地之化育;可以赞天地之化育,则可与天地参矣。"

"我不行,你行",否定自己,肯定他人。持这种态度者称之为"祥林嫂心态"。

有这种心态的人,在人际交往中易表现出自卑和惶恐,常常感到自己是无能和愚蠢的,无论做什么都不行,而似乎所有的人都比自己强得多,只知己短不知己长,甘居人下,缺乏应有的自信心,无法发挥自己的优势和特长。

有自卑感的人,在社会交往中办事无胆量,习惯随声附和,没有自己的主见。这种心态如不改变，久而久之，有可能逐渐磨损人的胆识、魄力和独特个性。实际上，克服自卑就是建立自信的过程，要建立适度的自我价值感。

黑格尔曾经说过，"人应当尊重他自己，并应自视能配得上最高尚的东西"。不必为自己的短处而自惭形秽，要深信"天生我材必有用"，每个人都有自己独特的、别人无法替代的价值。

"我不行，你也不行"，否定自己，也否定他人。持这种态度者称之为"地板心态"，也叫"人豺心态"。

有这种心态的人，对人对己都是消极否定的体验，交往中自认为自己低能，同时也认为别人并不比自己高明多少。他既不相信自己，也不崇拜他人；他既不会去爱人，也拒绝别人的爱。他的世界只有灰色与黑色，常常后悔、自责或者责备别人。这样的人行为极具攻击性，常常心生嫉妒。

嫉妒的人见贤不是思齐，而是妒火中烧，进而是中伤贬低。黑格尔说：

"有嫉妒心的人，自己不能完成伟大的事业，乃尽量去低估他人的伟大，贬抑他人的伟大性使之与他人相齐。"

嫉妒的人像一个失去理智的渺小动物，见到比他高大的人就会不分青红皂白地上去乱咬一通。正如莎士比亚所说：

"那些把嫉妒和邪恶作为营养的人，见了最好的人也敢去咬一口的。"

因此，莎士比亚甚至说：

"强烈的毫不掩饰的嫉妒是一种犯罪，它使自己淹没在害怕跌落的恐怖之中。"

嫉妒不会给人带来任何快乐，只会产生怨愤和狠毒这些更为卑劣的情感，让人堕入无名的痛苦深渊。嫉妒是来自地狱的一条嘶嘶作响的毒蛇，它会腐蚀人的理性，毁坏人的价值判断。嫉妒往往产

生怨愤,怨愤是命运的敌人。正如19世纪英国小说家布拉克摩尔所说:

"酸臭的怨愤与我们的命运争吵。"

莎士比亚甚至说:

"没有什么比怨愤更悲惨的了。"

生活在怨愤中的人心灵永远不安宁,他经常是自我麻烦制造者。世上没有什么会让他感到满意,他也永远不会感到幸福。

"我行,你也行",对自己和他人的双重肯定。持这种态度者称之为"梅花心态"。

有这种心态的人,充分体会到自己拥有一种强大的理性能力,对生活的价值也有恰当的理解,是相信自己与相信他人、爱自己与爱他人的统一。以此为人际交往的出发点,才能客观地悦纳自己和他人,才能善于去发现自己、他人和世界的光明面,正视现实,积极面对,从而使自身处于良好的人际关系之中。

因此,人际交往不仅仅是交往与技巧的问题,更重要的是反映了个体对自己和他人的看法和态度,只有真正地欣赏和接纳他人,也认可自身的价值,真正地从交往中获得乐趣的人,才能建立和谐融洽的人际关系。

四种心理模式反映出不同心态的特征:

我行,你不行——自大;你行,我不行——自卑;我不行,你也不行——嫉妒;我行,你也行——欣赏。

前三种都是不良心态,自大、自卑、嫉妒都阻碍了你前进的脚步。学会欣赏别人,赞美别人,为自己喝彩,也为别人鼓掌,"我行,你也行"才是一种积极的、健康的、成熟的生活态度。有了它,我们就能建立起健康而成熟的人际关系,从而使自己保持一种积极、乐观、进取、和谐的精神状态。有了这种健康的心态,就能以平和的态度对待自己和他人,能够承认他人的长处和自己的短处,能够摒弃嫉妒、烦恼等消极心态。如果社会群体中每一个个体都能够保持这样积极健康的心态,那么,这个群体中的人际关系一定是很和谐的。和谐的心态会促进社会和谐,和谐社会必将唤起人们和谐的心态。

平和的心态是一种稳定的个性心理特征,是较高个人综合素质的表现。心态好,一切都好! 让我们播下一种"梅花心态",共同构建一个和谐社会!

2006 年 8 月

认识你自己

我们常常认为，最了解自己的当然是我们自己。但于丹的《〈庄子〉心得》中却告诉我们，最难认识的恰恰是我们自己。古希腊哲学家苏格拉底"认识你自己"的箴言道出了一个千百年来困扰着一代又一代人的命题。在西方的神话寓言体系里，这个命题被表述为著名的斯芬克斯之谜。"认识你自己"还被刻在古希腊阿波罗神殿的石柱上，与之相对的石柱上刻着另一句箴言"毋过"，这两句名言作为象征最高智慧的"阿波罗神谕"，告诫着我们应该有自知之明。

在我国，老子说过：

"知人者智，自知者明。胜人者有力，自胜者强。"

就是说，了解别人是智慧，了解自己是圣明。战胜别人是有力量，战胜自己才是真强大。因而，老子认为"自知""自胜"比"知人""胜人"更重要，更难以做到。"知人者"明智，但真正明智的是认识自我，正确地评价自我。人贵有自知之明。所谓自知之明，也即是对自我的认识。常言道：

"旁观者清，当局者迷。"

可见，要想认识自我，给自己一个准确的定位，不是一件容易的事情，要对自己进行一个有意识的梳理。

要想"认识你自己"，就要分析和把握自我状态。沟通分析之父艾瑞克·伯恩把每个人的人格分成三种自我状态：父母自我状态（P）、成人自我状态（A）和儿童自我状态（C）。这三种状态在每个人身上都交互存在，也就是说这三者是构成人类多重天性的三部分。

父母自我状态以权威和优越感为标志。通常表现为统治人的、训斥人的，以及其他权威式的作风。当一个人的人格结构中父母自我状态成分占优势时，在行为上表现为凭主观办事、独断独行、滥用权威；常用"你应该""不应该""千万不要忘记""绝对不可以""一定不准""你不能""你必须"等字眼；音容语调上，吞吐较快，语气较严肃，且具有命令的口吻，或表现为轻抚头顶、叮嘱备至，常用"要小心""要注意"等词汇，表现为慈爱的关怀等。父母自我状态又分为父性自我和母性自我。母性自我表现为关心、帮助和保护性行为，有时也会出现过分的保护；父性自我表现为压制、歧视、权威欲及控制其他人，并要求对方做出"是"与"否"的答复。

成人自我状态的特征是客观与理智，一般能与人平等交往。当一个人的人格结构中成人自我成分占优势时，这种人的行为表现为，待人接物较冷静、慎思明断、尊重别人；常用语言是"怎么样""为什么""我个人的想法是""依己之见"等；音容语调上，不疾不徐，适当与温和；集中注意力、紧闭嘴唇、强忍痛苦是成人自我状态的行为举止。当处于成人自我状态时，人就像一台人脑计算机，它根据逻辑程序收集、处理和存储数据并加以应用，从而做出决策。

儿童自我状态以冲动、偏执为特征。当一个人的人格结构中儿童自我成分占优势时，其行为表现为，无主见，遇事畏缩，感情用事，激动愤怒；语调比较急促、语气较冲，时或装腔撒娇，或者是带有恳求与无助的味道；雀跃欢呼高叫，拍掌叫好或逃避困难是儿童自我状态的行为表现。儿童自我状态可以分为两种基本的状态，即自由童心自我和顺从童心自我。自由童心自我：自发的、娱乐的、易接近的、快乐的和好奇的，或者是失去控制的、不负责任的；语言上会使用"有趣""真棒""好想"等词；声音是自由的、大声的、充满力量的；行为上表现为不受拘束、放松和自发的。顺从童心自我：顺从的、勤勉的、妥协的和敬业的，其行为好像有父母在场观察一样；常常用

"不能""试试""这事怪我""我行吗"等词；语气可能像发牢骚、挑衅或要求；行为表现为伤感、容易生气和无所谓，并表现出一种顺从、羞愧或苛求的态度。自由童心自我与顺从童心自我之间的重要区别在于，顺从童心是一种对其他人的适应，而自由童心则是对情感和行为的自由表达，而不管别人会对此做何反应。

比较三者的形成过程，当我们的行为、想法、感觉就像小时候一样，就是在儿童自我状态之中；当我们所做、所想、所感觉的是从父母模仿而来，就是在父母自我状态之中；当我们的行为、思考、感觉的方式是针对此时此地发生的事件的反应，并能利用自我的能力，就是在成人自我状态。

各种不同的自我状态，能够帮助我们更加正确地了解事情的发展，更加正确地做出反应。在这些状态当中，我们最需要成人自我状态，并且必须拥有一个强大的成人意识。成人意识是用理智而不是情感面对问题。如果没有这个状态，我们就无法成长，无法正确、客观地认识和应对世界。当然成人自我状态也有不好的地方：对事物的反应比较慢，因为需要时间对这个情形进行慎重考虑，然后做出成人的反应。有时候我们需要迅速做出应对和决策，这时候过多的成人自我状态可能跟不上整个事态的快速节奏，不能够对事情做出及时的反应，不能够及时与合作伙伴进行沟通。

儿童自我状态和父母自我状态同样也具有两面性。如果能吸取其精华和积极的一面，那么，这时的成人自我状态又有了新的表现。儿童自我状态的积极部分融进成人自我状态时，成人自我状态的主要表现是：友好合作，具有灵活性、想象力和创造性，乐观等。父母自我状态的积极部分融进成人自我状态时，成人自我状态的主要表现是：有原则性，具有高尚的道德情操，关心爱护别人，具有服务精神和献身精神等。而父母自我状态的消极部分融进成人自我状态时，成人自我状态的主要表现是：过分指责别人，对别人强求多，禁忌多，倾向于惩罚，有特权观点，不能平等待人，看不起别人，同时对别人过分保护等。儿童自我状态的消极部分融进成人自我状态时,成人自我状态的主要表现是:不负责任,只顾自己享乐,玩世不恭,依赖别人,吸引别人的注意等。如果一个人的自由童心自我状态过多,那么他的言行当中会有非常典型的儿童特征:未成年、不成熟、幼稚。别人会觉得他不成熟,不敢把一些重要的事情委命于他。

从严格意义上讲,父母自我状态、儿童自我状态和成人自我状态并没有好坏之分,而只有应用场合的分别。就一个健康、平衡的人格来说,三种自我状态都是必需的。我们需要成人自我状态来处理此时此地的问题,帮助我们过一个有效率的生活;要融入社会,需要父母自我状态提供规范来遵守;儿童自我状态则包含自发性、创造力和直觉力,也是不可或缺的。

人生成功的前提就是对自我的把握。"认识你自己",把握好自己的自我状态,就能使你成为真正的"人"。

2007 年 4 月

放弃不是一件容易的事

前段日子,某媒体一则《死了都不卖——解小东唱"跌"股票》的报道引起了轩然大波。在经历了"5·30"及后几天股市动荡后,部分损失惨重的股民将怨气撒在解小东头上,认为解小东的这首歌给他们带来了霉运,一时间,解小东成了众矢之的,解小东为唱跌股票喊冤。

"死了都不卖,不给我翻倍不痛快,我们散户只有这样才不被打败;死了都不卖,不涨到心慌不痛快,投资中国心永在!"

一首《死了都不卖》反映出众多股民永不言弃、永不言败的情绪与信心。不言放弃,从某种角度来说是一种境界,一种力度,一种坚韧,但未必是迈向成功的唯一的正确选择。生活中我们经常不得不忍痛放弃一些东西,过分的执着从某种意义上说无疑是一种沉重的负担,甚至是一种伤害。

"鱼,我所欲也;熊掌,亦我所欲也;二者不可兼得,舍鱼而取熊掌者也。"

当面临选择时,我们必须学会放弃。放弃,并不意味着失败。像下围棋一样,虽然放弃小的利益,得到的却是更大的利益。但如果想兼得"鱼和熊掌",恐怕连鱼也得不到了。

曾经听过一则富有哲理的故事:

从前有个孩子,伸手到一只装满榛果的瓶里,他尽其所能地抓了一把榛果，当他想把手收回时，手却被瓶口卡住了。他既不愿放弃榛果，又不能把手拿出来，不禁伤心地哭了。这时一个旁人告诉他："只拿一半，让你的拳头小些，那么你的手就可以很容易地拿出来了。"

贪婪是人性的一大弱点，得陇望蜀，有时候抓住自己想要的东西就不愿放手，甚至贪得无厌，而往往什么都不愿放弃的人，结果是什么也没有得到。其实只要你舍得放下自己的那点小天地，就能很容易走进宇宙的大世界。人生许多的痛苦就源于过多的欲求、太多的"贪心"，追求得太多，失望得也愈深。所以一定要保持一个清醒的头脑，不要做那个抓满榛果哭泣的孩子。

此刻，又让我想起一则故事：

一只倒霉的狐狸被猎人用套套住了一只爪子，它毫不迟疑地咬断了那只小腿，然后逃命。

放弃一只腿而保全一条生命，这是狐狸的哲学。每当读到这个故事时，心里便有一种深深的敬意。因为狐狸在保留和放弃之间做出了如此艰难、如此痛苦而又如此明智的抉择。同样的道理，漫漫人生路，只有学会放弃，才能做到心灵割舍和拥有的平衡。敢于放弃，是一种明智的选择，是一种境界，是一种更实际更科学更合理的追求。学会放弃是一种人生哲学，更是一种生存智慧。学会放弃，将有助于我们在前行的路上成为更大的赢家。

细细想来，人生是复杂的，有时又很简单，甚至简单到只有拥有和放弃。几十年的人生旅途，会经历山山水水、风风雨雨，有所得也必然有所失，属于自己的应该珍惜，不属于自己的就要学会放弃。然而，拥有往往容易心地坦然，而放弃则需要巨大的勇气。孔子说过：

"富与贵，是人之所欲也；不以其道得之，不处也。贫与贱，是人之所恶也；不以其道去之，不去也。"

其意思用一句简练的话说出来,就是:我们不仅要学会如何拥有,更要学会如何放弃。富与贵谁不想拥有,但不以其道得之,我们也许将永远无法拥有。而能够拥有的其中一条捷径,就是学会放弃。所以,我们仅仅学会拥有是不够的,也是不现实的,还必须学会放弃。只有学会放弃,才可能更好地拥有。

生活是一个不断追求与放弃,拥有与失去的过程。当你为追逐名利疲惫不堪时,当你处在人生的十字路口无所适从时,当你沉湎于旧情不能自拔时,你必须学会一种睿智的生活艺术——放弃。没有人可以拥有他欲念的全部,因为没有遗憾的人生是不存在的。所以,懂得放弃的人,是对有限生命的聪颖领悟的智者。

人生历程漫漫,人性的欲望永远是无穷的,太多的人想拥有一切,无论这拥有是否值得或者属于自己所有,故面对诱惑时,人们总不曾想过是否应该放弃。梦越多,也就更虚幻;追逐得太多,也就给人以累赘。生命之中,不属于自己的太多太多,而人只有一双手,握住的总是有限的。人生的许多痛苦,其实就是难以舍弃的痛苦,总是对本来不属于自己的东西充满欲望。电影《卧虎藏龙》里有一句很经典的台词:

"当你紧握双手,里面什么也没有,当你打开双手,世界就在你手中。"

很多时候我们都应该懂得舍弃,生活中鱼和熊掌都能兼得的时候很少,每一次放弃是为了下一次得到更多的回报。紧握双手,肯定是什么也没有,打开双手,至少还有希望。

生命如舟,生命之舟载不动太多的物欲和虚荣,要想使之顺利抵达彼岸不在中途搁浅或沉没,就必须轻载,学会舍弃自己不特别需要、对人生益处不大的东西,保持一颗简单和明朗的心,该松手时就松手。但是,虽然人们都说金钱名利是身外之物,却没有几人能将其真正置之度外。

"世人都晓神仙好,惟有功名忘不了。古今将相在何方?荒冢一堆草没了。世人都晓神仙好，只有金银忘不了。终朝只恨聚无多，及到多时眼闭了。……"

其实，在物欲横流、灯红酒绿的世间，摆在每个人面前的诱惑实在太多。面对种种诱惑，积极争取者有之，不择手段者有之，深陷其中、不能自拔的更是大有人在。如果一个人执意于追逐与获得，执意于曾经拥有就不能失去，那么就很难走出自己，走出患得患失的误区，必将会为达到目的而不择手段，甚至走向极端。

为物所累，将成为一生的羁绊。现在社会经常发生因贪名贪利而赔上自己锦绣前程甚至生命的案例：因为放不下到手的职务、待遇，有些人整天东奔西跑，耽误了更远大的前程；因为放不下诱人的钱财，有人费尽心思，利用各种机会去大捞一把，结果常常作茧自缚；因为放不下对权力的占有欲，有些人热衷于溜须拍马、行贿受贿，不惜丢掉人格的尊严……

人生就像乘坐列车进行的一次长途旅行，到了站，你就必须下车。沉迷于过往的人将永远生活在痛苦和遗憾之中。我们有时之所以举步维艰，是因为背负太重；之所以背负太重，是因为还不会放弃。功名利禄常常微笑着置人于死地。诗人泰戈尔说：

"当鸟翼系上黄金时，就飞不远了。"

在我们的现实生活中，需要有一种放弃的清醒。学会放弃，是让人于思考与正视中分辨真伪；学会放弃是让人能够分清轻与重；学会放弃更能让人分清黑与白。我们只有放弃贪欲虚名、放弃权力角逐、放弃金钱的诱惑，才能卸下人生的种种包袱，才会更加充实、坦荡和轻松。

俄国作家托尔斯泰写过一则短篇故事：

有个农夫，每天早出晚归地耕种一小片贫瘠的土地，但收成很少。一位天使可怜农夫的境遇，就对农夫说，只要他能不断往前跑，他跑过的所有地方，不管多大，那些土地就全部归他。于是，农夫兴奋地向前跑,一直跑,不停地跑。跑累了,想停下来休息,然而,一想到家里的妻子和儿女,都需要更大的土地来耕作、来赚钱啊!所以,又拼命地再往前跑。真的累了,农夫上气不接下气,实在跑不动了。可是,农夫又想到将来年纪大了,可能乏人照顾、需要钱,就再打起精神,不顾气喘不已的身子,再奋力向前跑。最后,他体力不支,"咚"地倒在地上,死了。

的确,人活在世上,必须努力奋斗。但是,当我们为了自己、为了子女、为了有更好的生活而必须不断"往前跑"、不断"拼命赚钱"时,也必须清楚地知道,有时该是"往回跑的时候了"。因为妻子、儿女正眼巴巴地倚着门等你回来呢。

学会可以为一棵树而放弃森林,这也许便是另一种珍惜。人生在世,现实与理想之间总是有一定的距离。在理想与现实生活中,首先要选择生存,只有好好的活下来,才能让理想之星闪闪发光。一个连自己的生命都不珍惜的人,是不配谈理想的。也许在现实生活中,我们常会碰到这样或那样的烦恼和挫折,在很多时候我们不应当轻言放弃,因为胜利常常孕育在再坚持一下的努力之中。但是,在有的情况下,你已经付出了最大的努力,却未取得理想的结果。这就需要认真考虑一下;如果是自己选定的目标、方向同自己的才能不相匹配,就需要勇敢地选择放弃,另辟蹊径,没有必要在一棵树上吊死。

在欧洲,有一首流传很广的民谣:

"为了得到一根铁钉,我们失去了一块马蹄铁;为了得到一块马蹄铁,我们失去了一匹骏马;为了得到一匹骏马,我们失去了一名骑手;为了得到一名骑手,我们失去了一场战争的胜利。"

为了一根铁钉而输掉一场战争,这正是不懂得及早放弃的恶果。在滑铁卢大战中,拿破仑不甘心放弃最拿手的炮兵,遭受了惨痛的失败。同样,在人生的战场,我们必须善于放弃,不要为一点利益斤斤计较,不要怕选择错误,因为错误常常是正确的先导,它教会我们逐渐学会放弃。

拥有未必是一种幸福,但放弃是为了更好地拥有。放弃的目的就是为了更好的选择,更长远的收获。俗话说"舍得舍得",有舍才有得,道理也就是如此。

向往事业辉煌,就要放弃安逸和享乐;向往友情的长存,就要放弃心中自私自利的欲望;向往人生的淡泊明志,就要放弃名利争夺;向往和谐,就要放弃一些矛盾冲突和斗争。放弃成长路上的风花雪月,放弃无望的守候,放弃心中的块垒,放弃所有的负荷才能让你轻松上路,以豁达明智之心,获得新的拥有。

当仰望高山却没有能力攀登时,我们不妨回头看看,也许会发现一片蔚蓝的海洋;当想走进森林却没有寻找到路时,我们不妨环视一下四周,也许会发现广袤的草原;当苦苦追求却无法得到时,我们不妨试着放弃,也许会发现更适合自己的东西在等待着我们。

放弃了名利,会得到生活的安逸;放弃了仇恨,会感受到更多的温情;放弃了失意,会重新找到新的所爱;放弃了悲剧的昨天,会拥有一个灿烂的今天。

世间的万物都是在不断地放弃中发展、变化。树木为了长高,只有放弃多余的枝叶;花朵为了结出果实,只有放弃迷人的美丽;蝌蚪为了变成青蛙,只有放弃天生的尾巴;蝴蝶为了在芬芳中飞翔,只有放弃蛹壳茧房;而太阳为了明天的灿烂,也必须放弃绚丽的晚霞。

万物都如此,人亦如此。胎儿为了降生人世间,必须放弃母亲为他输送营养的脐带;人们为了走出一条真正属于自己的人生之路,必须放弃很多很多。明智的放弃,我们会多一种选择,而且或许是更正确更符合自身实际的选择,让自己的价值得以极大的体现,往往会换来更大的成功。李白学会了放弃,所以才有了视权贵如粪土,于"举杯邀明月"里,留下了"斗酒诗百篇",更收获了一生的洒脱与飘逸;陶渊明学会了放弃,所以才不为五斗米而折腰,故收获了"采菊东篱下,悠然见南山"的清新与超脱;张良放弃了名利,才没有落到韩信那样被害的结局;鲁迅放弃了学医,却成为中国的文坛巨匠;钱学森放弃了美国的优惠条件,但国人永远记住了他的名字;柏拉图正是放弃了对导师苏格拉底唯物论的信仰,才创立了自己的唯心论,从此师徒二人有如日月在哲学史上交相辉映;伽利略放弃了自由,誓死捍卫自己的学说,才使牛顿得以站在"巨人"的肩膀之上;比尔·盖茨放弃了在哈佛大学的学位,投身商海,成就了 20 世纪人类世界的一个神话……其实,放弃往往是一种新生,因为上帝若为你关了一扇门,同时会为你打开一扇窗。

放弃并不是一件容易的事。因为放弃是一种痛苦的选择,很多时候往往是出于无奈。我们往往是舍得舍得,到最后都舍不得。更何况,有些东西不是说放就能放的。所以,我们需要学习,需要学会放弃。放弃,也许有遗憾,也许有伤感,但会让生活的底蕴更隽永、更久远。勇于放弃者精明,乐于放弃者聪明,善于放弃者高明。

曾有一位大学教授向圣地亚神父问道。神父先是以礼相待,却不说道。他将茶水注入这位教授的茶杯,水溢了,神父还在不断地注入。直到这位教授忍不住提醒时,神父才停住。神父说:"你不先把自己的杯子倒空,让我如何对你说道?"大学教授恍然大悟。难道圣地亚神父不是在告诉我们,学会放弃才可能重新拥有吗?

放弃是人生的一种睿智,学会放弃是一种超越,学会放弃也是人生的一种最高境界,学会放弃会使你变得更理智,更懂得用大脑思考人生,参悟生活的道理。

2007 年 6 月

绚烂之极归于平淡

人到中年，最大的向往莫过于能够让生活归于平淡，在平淡中品味人生，在简单中感受纯美超然。

"绚烂之极而归于平淡。"

这是苏东坡的名言。平淡，是一种至美的境界。从容而不急趋，自如而不窘迫，审慎而不狷激，恬淡而不凡庸。平淡，是一种醒悟和超脱，坚持有所不为然后有所为，特立独行而非趋炎附势，稳重坚韧而不浮华躁动，义无反顾而举重若轻。平淡，不是平庸之平，也非淡而无味之淡，而是素净质朴，宁静深沉，是深邃的执着，是内心的祥和，是不惑的淡定，是物我两忘的境界。作为做人的一种准则和风格，它是对人生的深层领悟，是人生境界的极致。

淡泊而明志，宁静而致远。淡泊，不经心在意，却是一种坚守；淡然，无影无形，却是一种大智慧。淡者质朴、清淡、简约，无旁斜逸出，无繁荣奢华，有的只是心灵淡然若水，清水芙蓉般的物我齐一；淡者宽容、谨慎、执着，不再去工于心计察言观色，不再刻意揣摩和营造人际氛围，人生如行云流水，轻盈飘逸。

中年人要经历"三十而立，四十不惑，五十而知天命"这一过程的艰苦磨炼，知识积累、经验储淀、办事主见都可说已达到较高水准和境界，心理发展日趋成熟，并且能较好地控制自己的情感，具有保持个人精神状态平衡的能力。同时也具有保持与环境的和谐平衡能力。人到中年，性格已处于成熟而稳定的阶段，表现在处理生活、工作中遇到的各种问题时，中年人能保持自己的性格特征，不像年轻时那样易受外界的干扰。

《于丹〈论语〉心得》中引用过著名哲学家冯友兰的一句话：

"阐旧邦以辅新命，极高明而道中庸。"

中庸之道其实极尽高明之处，也就是中国古人所说的"绚烂之极而归于平淡"。在你二十、三十岁的时候，曾经意气风发过，那么走过"不惑"的时候才表现为这样一种淡定而从容。

中庸之道是一种精深的生存智慧和生命境界。国学大师林语堂把"中庸生活"作为一种"生活的最高典型"而大加称赞。他说：

"这种学说，就是指一种介于两个极端之间的那一种有条不紊的生活。这种中庸精神，在动作和静止之间找到了一种完全的均衡。"

孔子的中庸思想，有其严密的内在逻辑："尚中"是中庸的逻辑起点，"时中"是中庸的内在本质，"中正"是中庸的规范准则，"中和"是中庸的理想目标。

"尚中"的基本内涵是"无过之无不及"。要有不偏不倚的平常心。朱熹说：

"中者，不偏不倚，无过不及之名。庸者，平常也。"

从中我们可以看出，中，就是既不要走极端，不要过头，也不要欠缺，不要不及。庸，就是保持一颗平常心。做什么事情都要有个度，这个度就是"中"。就是即使贫穷也不要心浮气躁，富贵也不能为富不仁；就是做下属不要低三下四，为上级不要专横跋扈；就是成功时不要得意忘形，失败时不要心灰意冷。

"时中"的基本内涵是"无可无不可"。要审时度势，与时偕行。要求人们时刻注视和观察客观世界变化的同时，以变应变，以变制变，随需应变，变中求生，变中求胜。此所谓"变通者，趋时者也"。能趋时变通，即是"识时务"，而"识时务者为俊杰"。

"中正"的基本内涵是"礼义"。要恪守规范，正心正身。孔子说：

"恭而无礼则劳，慎而无礼则葸，勇而无礼则乱，直而无礼则绞。"

就是说，过分恭敬，而不约之以礼，就未免劳倦；过分谨慎，而不约之以礼，就难免流于胆怯懦弱；过分敢作敢为，而不约之以礼，就难免盲动闯祸；过分直率，而不约之以礼，就难免尖酸刻薄。恭敬、谨慎、勇敢、直率，本来都属于人的好品德，但孔子认为，如果发挥不当，或不用礼来约束，其结果往往适得其反。很明显，在这里，"礼"是成就人之恭、慎、勇、直四德而使之适中的规范原则。同时，孔子很强调"正"，他说：

"其身正，不令而行；其身不正，虽令不从。"

"正"，就是名正言顺，以身作则，不越位，不缺位，不错位。

"中和"的基本内涵是天人和谐之美。要懂得求同存异，和而不同。"君子和而不同，小人同而不和。""和而不同"，就是求同存异，恰到好处。《中庸》说：

"喜怒哀乐之未发，谓之中；发而皆中节，谓之和。中也者，天下之大本也；和也者，天下之达道也。致中和，天地位焉，万物育焉。"

就是说，人们的喜怒哀乐没有表现出来，这叫作"中"；表露出来但符合常理，这叫作"和"。"中"是天下的根本；"和"是天下共同遵循的道理。内心之"中"与外部行为"中节"两者的圆满统一，就称之为"合内外之道"，"致中和"。到达了"中和"，天地便在自己的位置上运动了，而万物都开始生长发育了。秉承这样的中道文化，中医形成了"平人不病"的健康观。《内经》有一句很经典的话"平人者不病"。所谓平人，就是不偏不倚，没有太过也没有不及的人。不偏不倚正是中庸。人的健康包含两个要素，"形"与"神"，即"身"与"心"。形平谓之"健"，神平谓之"康"。"平人"，意味着形平神也平。身心皆平,谓之平人,形神皆具,乃能尽终天年。

　　中年人正处在人生的"多事之秋",过度的压力,持续的心理紧张都极容易造成心理上的不平衡。医学界称中年为"危险期年龄阶段",疾病发病率较高。人到中年,生理情况开始发生变化,身体各部件渐次磨损了,于是诸疾百患极易潜然而生。而良好的心理品质和精神状态则有利于中年人保持心理的平衡和健康。真正意义上的健康,不仅是生理上要保证健康,同时还要保证心理上的健康,所以强健的体魄与坦荡的心胸同样重要。

　　人到中年,内心深处当为自己保留一份超脱,一份淡然。那就是绚烂之后归于平淡,执着之后归于从容。淡雅如玉,玉是"绚烂之极归于平淡"的美的典型。玉与金银的差别在于,金银色彩浓烈、光华夺目,而玉清澈透明。玉有内部的光彩,但又是含蓄的光彩,这种光彩极绚烂,又极平淡。

2007 年 7 月

感恩生活

　　偶尔翻起儿子幼时的习作,重读了《送给妈妈的礼物》《辛劳的爸爸》两篇短文。这是一个八九岁的孩子感恩母亲慈爱、父亲辛劳的内心独白,字里行间蕴含着小小心灵对父母养育之恩和拳拳爱心的至真至诚的感悟,让人为之动情。正是因为心存感恩,小小的心灵才能蕴含如此丰富的感情。

　　感恩,其实是个舶来词,《牛津词典》的定义是:

　　"乐于把得到好处的感激呈现出来且回馈他人。"

　　说到感恩,首先要提及的是美国一个非常隆重的节日——感恩节,这是美国早期的英国移民为了感谢上帝赐予的丰收和印第安人的帮助所举行的狂欢活动。1863 年,美国总统林肯宣布,把每年 11 月的第四个星期四定为美国的国家节日,至今已有 144 年的历史。144 年来,通过"感恩节"活动的影响,感恩一词传遍了世界各地。

　　其实,感恩也是中华民族的传统美德之一。我国历来就讲究养育之恩、知遇之恩、培养之恩、救命之恩等。"滴水之恩,涌泉相报","结草衔环,以报恩德","乌鸦反哺,羔羊跪乳","施人慎勿念,受施慎勿忘"等传统文化,集中反映了古人对感恩的认同和崇尚。一代一代的人们也正是从"上代而来,从己而出"的血缘关系中,将这种源自人性的真爱与善美发挥到极致,传承了世世代代的伦理之爱,和谐了社会生活秩序。

　　说到感恩,我们自然要想到报答父母的养育之恩。我们有太多太多的选择,但唯一不能选择的就是自己的父母,父母也许不能给予我们金钱、地位、名誉、豪宅,或者是一副美丽的容颜,但他们给了我们世界上唯一最重要的东西,那就是生命。父母赐予我们生命,这是今生永远都割不断、报答不完的恩情。"谁言寸草心,报得三春晖。"父母无私的爱,平常却不平凡,普遍却不普通。这样的恩情,从我们呱呱落地的那一刻起,就一直滋润着我们,呵护着我们,守望着我们。多少回日月交替,无数次季节变换,它始终不会改变,更伟大的是父母对子女付出无私的爱而从不求得到什么回报。父母的幸福是看着儿女们一天天地成长,看到的是明天的希望!就像太阳每天都会把温暖赐予我们,从不图回报。虽说大恩不言谢,但我们还是要用感恩的心态去铭记,去感激。

感恩父母的养育,不只是一种对生命馈赠的欣喜,也不只是对这一馈赠所给予的言辞的回馈,是用一颗纯洁的心,去领受那付出背后的艰辛、希望、关爱和温情。没有一颗感恩的心,孩子永远不能真正懂得孝敬父母,理解帮助他的人,更不会主动地帮助别人。

心存感恩,知足惜福。感恩是人生的一堂必修课,感恩更是学会做人、成就阳光人生的支点。人生路上永远需要一颗感恩的心。学会感恩就应该从感恩父母开始,这对于现在的孩子来说尤其重要。因为,现在的孩子都是家庭的中心,在家里都是"小皇帝""小公主",他们只知有自己,不知爱别人。他们视幸福为天然,很多时候他们对自然、社会甚至父母的付出漠然置之,认为那是自己应该得到的,是天经地义的。所以,要让他们学会感恩,其实就是让他们懂得并学会尊重他人,对爱自己、帮助自己的人时时怀有感激之心,让他们从小知道爱别人、帮助别人,让他们知道每个人都在享受着别人通过付出给自己带来的快乐的生活。

在现实生活中,很多人不知道感恩,更不愿意感恩。他们对人求全责备,对自己任意放纵,他们的心中只装着自我,装着自身的利益,一旦自我的目的达到,就过河拆桥,把给予过他帮助的人忘得一干二净,有的甚至在曾经帮助过他的人落难时还会踏一脚,这样的人甚至连父母、亲人的亲情都不顾。在倡导斗争哲学到登峰造极的年代，夫妻反目、儿女揭发批斗父母，兄弟相残、恩将仇报比比皆是。改革开放后，生活在高质量的物质生活时代，而我们常常对周围的一切不以为然，一方面大口吃肉、另一方面大声骂娘的现象司空见惯，往往把金钱和利益看得太重，忽视了人与人之间的感情。

"恩欲报、怨欲忘，抱怨短、报恩长。"

这是古人留下的经典词句。但世人能记着的，却是怨多恩少。许多人是在种种恩怨中度过自己的一生。说实话，总能记住别人好处的，总是以别人恩德来宽慰自己、让自己感到幸福的人，实在太少太少了。倒是总也忘不了别人欠了自己多少情、多少债，并要一生耿耿于怀的大有人在。在平常，越是亲朋好友之间的恩德，我们往往越有理由不当回事。可是有一种现象，要是别人损害了自己，似乎还情有可原，但要是亲朋好友却不可以，要记恨他一辈子。这就是人的心态。这是普遍存在的，也是人之常情，是很难克服的。可见，人们很容易放弃恩德不报，却不会放弃怨恨不报。恩如泰山，也许只是记着；怨如鸿毛，却要采取手段报以愤懑。

有位哲学家说过，世界上最大的悲剧或不幸，就是一个人大言不惭地说，没有人给我任何东西。如果总觉得别人欠你的，从来不想到别人和社会给你的一切，这种人心里只会产生抱怨，不会产生感恩。也有人会觉得，我付出了所以我才得到，我享用的是自己用汗水搏来的成功，凭什么要感恩别人呢？要学会感恩，首先要学会知。知道父母的养育之恩，老师的教育之恩，领导的知遇之恩，同事的协助之恩，朋友的帮助之恩，社会的关爱之恩，大自然的生存之恩……

人的一生，无论成败，都会得到很多人的帮助。我们成长的每一步，都有人指点；我们生活的每一天，都有人帮助。到什么时候都不要忘记对有恩于你的人表示感恩，尽我们最大的努力去感谢每一个曾经帮助过我们、教导过我们、伤害过我们、欺骗过我们、绊倒过我们的人。因为正是有了他们,才让我们更快地成长,才让我们渡过一个个难关,一步步走向成功,创造并享受着美好的生活。

一个懂得感恩并知恩图报的人,才是一个能真正得到幸福的人。感恩并不仅仅是为了报恩,因为有些恩泽是我们无法回报的,有些恩情更不是等量回报就能一笔还清的,唯有用纯真的心灵去感动、去铭刻、去永记,才能真正对得起给你恩惠的人。

感恩是一种生活态度,来自对生活的爱和希望,是一种善于发现生活中的感动并能享受这一感动的思想境界,是一种以感激的心态去对待世间万物的生活方式。感恩是对生命恩赐的领略,感恩是对生存状态的释然;感恩是对现在拥有的在意,感恩是对有限生命的珍惜;感恩是对赐予我们生命的人的牵挂,感恩是对人性关爱的震颤……

心存感恩的人,才能收获更多的人生幸福和生活快乐,便会以给予别人更多的帮助和鼓励为最大的快乐,便能对落难或者绝处求生的人们爱心融融地伸出援助之手,就不会冷漠地一味地索取,一味地膨胀自己的私欲;怀有感恩之情,对别人、对环境就会少一份挑剔,多一份欣赏和感激,就能放开自己的胸怀去宽容待人,就可以逐渐原谅那些曾和你有过结怨甚至触及你心灵痛处的人,就不会怨天尤人,斤斤计较;常怀感恩之心,才会使我们感受到大自然的美妙、生活的美好,保持积极、健康、阳光的良好心态,用微笑去对待每一天,用微笑去对待世界,对待人生,对待朋友,对待困难,感谢生活的每一分钟和每一份赠予。

的确,生活需要感恩,社会需要感恩,我们更需要懂得感恩。感恩,让我们以知足的心去体察和珍惜身边的人、事、物;感恩,让我们在渐渐平淡麻木了的日子里,发现生活本是如此丰厚而富有;感恩,让我们领悟和品味命运的馈赠与生命的激情。

感谢生活给予我们的一切,无论是欢笑还是泪水,这就是多姿多彩的生活。只要人人都拥有一颗感恩的心,这世界就会充满和谐,充满爱,充满欢乐,充满真善美。

2007 年 10 月

水之七善

《红楼梦》里贾宝玉曾说过：

"女儿是水做的骨肉，男人是泥做的骨肉。"

若用文学眼光来欣赏，这句话颇耐人寻味，但从生理角度来讲，贾宝玉说女儿是水做的，固然大致不错，但说男子是泥做的，实在相差太多。人身体的大部分是水，不分男女，人人如此。古人说：

"人，水也。男女精气合，而水流形。"

人类的原始故乡是水，人生在世又不可一日而离水，可见水与人生关系之深。

有人将水与人生比作三种状态：

"水有冰、水、水蒸气三种状态，人生也有相似的三种状态。水的状态是由温度决定的，人生的状态是由自己心灵的温度决定的。假如一个人对生活、对人生的温度在零度以下，那么这个人生活的状态就会是冰冻的状态，他的整个人生世界也就不过是他双脚站立的地方那么大；假如一个人对生活抱平常的态度，那么他就是一捧水，他能够流动，甚至奔流到大江大河、汪洋大海，但是他还无法离开大地；假如一个人对生活和人生是一百度的炽热，永远充满激情地面对这个世界，那么他就会成为水蒸气，成为云彩，他将不仅拥有大地，还将拥有天空，甚至拥抱宇宙。"

应该说,这样的类比颇具想象力,富含哲理,但就水性而论,我总觉得还没能深层次察悟它的本质特性。水是无处不在的精灵,它以变幻莫测的韵律与万物对语,阐释着生命的规律和真谛,而水性则是不变的。水之为物,虽热则化汽,冷则结冰,但其氢二氧一之本质,则永存不变。

古今中外,对水的比拟甚多。一句"上善若水,水善利万物而不争",是说最高尚的品德像给万物带来益处而不求回报的水一样,可谓把对水的比拟推向某种极致。以水为镜,可映鉴人生。人生如水,当如水之善,如水之静,如水之明,如水之韧,方潇洒一世。

"上善若水",出自于老子的《道德经》第八章:

"上善若水。水善利万物而不争,处众人之所恶,故几于道。居善地,心善渊,与善仁,言善信,正善治,事善能,动善时。夫唯不争,故无尤。"

从字面理解是说:最高的善像水那样。水善于帮助万物而不与万物相争。它停留在众人所不喜欢的地方,所以接近于道。上善的人居住要像水那样安于卑下,存心要像水那样深沉,交友要像水那样相亲,言语要像水那样真诚,为政要像水那样有条有理,办事要像水那样无所不能,行为要像水那样待机而动。正因为上善的人像水那样与万物无争,所以才没有烦恼。

孔子将水被崇尚为"上善"的缘由,从功效、特征、性格、行为、操守等多方面做了深层次的解释。他说:水有五种完美的品德,因它常流不息,能滋养一切生物,好像有德;流必向下,不倒流,或方或长,遵循自然规律,好像有义;浩大无尽,好像有道;流向几百丈山涧毫无畏惧,好像有勇;安放没有高低不平,好像守法度;量见多少,不用削刮,好像正直;无孔不入,好像明察;发源必自西,好像立志;取出取入,万物就此洗涤洁净,又好像善于变化。水有这些好德行,所以君子遇水必观。

道家是强调智慧的学派,儒家是强调道德的学派,因为水的特性至仁至善,非常具有哲学意味,所以道家、儒家都对水非常推崇。一个人的行为如果能做到如水一样,妥善运用水之七善,就可以达到无往不利的境界。

"居善地",即为人做到如水一样,善于避高处而甘居下地。水性是就下的,与物无争,谦下自处。俗话说,人往高处走,水向低处流。水与众不同,处众人之所恶,善下而不居于高处。水从高处来,只向低处流,乃至归入大海,贵在平静低调。为人立身处事也应如此,要安居自己应处的位置,轻看名利淡如水,时刻保持谦虚卑下的态度,选择低姿态,选择艰苦困难的地方和岗位。这样不仅可以受到磨炼,而且可以造就自己的品德和才能。安居自己应处的位置,绝不是故步自封。人应该努力学习,提升自己的才能,以便胜任更重要的工作。一个人满足于已知的知识,让大好年华在平庸中度过,那并不是真正安居自己应处的位置。人生于世,若能学水的清澈本性和"利万物而不争"的品格,则不仅精神居于高处,人生也将进入开阔处。

"心善渊",即心境养到如水一样,善于容纳百川而深沉渊默。水性是包容的,宽容大度,清澈平静,深不可测。天下万物,最具包容性的就是水:千奇百怪,无所不容;世间各物,均能渗入。虽然也有浑水、污水、浊水甚至臭水,但污者、臭者非水,水本身是清澈、透明的。它无颜无色、无欲无求、光明磊落、堂堂正正。惟其透明,才能以水为镜,照出善恶美丑。水性至洁,从表面看,虽能藏污纳垢,其实它的本质,水净沙明,晶莹剔透,至净至刚,不为外物所污染。水处于深潭之中,表面清澈而平静,但却深不可测。人若修得透明如水、心静如水,善莫大焉。心要像深潭那样深沉宁静,透彻明净,就能不受外界环境所扰,能够抛弃众多物欲的约束,不贪图,不强求,顺应自然,保持心胸宽广,眼光深远。这是一种不问收获只知耕耘的精神,古今之成大事者,均有赖于这种大度能容的胸怀。

"与善仁",即行为修到如水一样,善于助长万物而仁慈柔和。水性是仁厚的,无所不利,损而不竭,施不求报。水最有爱心,最具包容性、渗透力、亲和力，它通达而广济天下，奉献而不图回报。正因为水润泽万物而不求回报，因此成就了自己的伟大。要学习水以"慈爱"的方法来待人接物，要真心地关心别人，帮助别人，并不奢求任何的回报。与人交往，要心存友善。对强者要尊重，对弱者要理解和嘉许。许多人对强者能保持足够尊敬，对弱者却心存轻视；或者对弱者表示亲近，对强者却心存排斥。这不是真正的"与善仁"。有一句话说得好，"你以怎样的态度对待别人，别人也会以怎样的态度对待你"。如果你对强者、弱者都能待之以仁，就可得众之力，无所不成。

"言善信"，即说话学到如水一样，善于准期有信而至诚尽性。水性是至诚的，至诚则尽性。水之为物，诚明为质，信守不渝；自高而下顺势流淌，潮涨潮落如期而至；寒至零度必结冰，热至百度化为汽。信在期前，丝毫不爽。人是社会中的人，人离不开交往，交往离不开信用，要取信于人就不能轻易许诺不能兑现的事情，说话要讲信用。一个讲信用的人必须是前后一致，言行一致，表里如一。诚信无伪是一个人的立身之本、人格体现，是人生的最高准则。

"正善治"，即立身处世做到如水一样，善于约束自身而持平正衡。水性是平的，不静必动，不平必流。水性平正而善于约束甚至委屈自己，这是水不同于其他物质的重要表现之一。水是善于约束和委屈自己的最佳物质，当它散落于四方的时候，它被地球上所有的生命利用而毫不吝惜；当它汇集起来之后，虽然具有排山倒海之势，却仍然沿着固定的道路而行，对任何生命都不构成威胁。水静则平，水静则明，人只有像静水一样保持一种公平、客观的心态，才能对事物做出准确、客观的判断。人们当效法水的品质，以约束和调整自己来适应自然和社会，不损人利己，不强人从己，不倚势凌人，不欺善怕恶，正直为人明如水。

"事善能"，即担当做事如水一样，善于调剂融和而方圆有致。水性是柔的，柔而有骨，坚忍不拔。世界上最柔的东西莫过于水，但却无坚不摧，水滴石穿，柔能克刚；水具有柔弱的形体，遇圆则圆，逢方则方，直如刻线，曲可盘龙，无所不及。刚柔并济、方圆有致才是智慧与通达的成功之道。人生在世，若人人都能以柔待人，以柔理事，必可免去纷争，成就多少大事。水的凝聚力极强，信念执着，追求不懈，一旦融为一体，就荣辱与共，生死相依，朝着共同的方向义无反顾地前进，故李白有"抽刀断水水更流"之慨叹。人生道路犹如九曲黄河，曲折坎坷不平坦。面对困难，面对坎坷，需有胸襟，更需坚定、坚韧，胜不骄、败不馁，宠辱不惊，贫富不移，处顺境而不张狂，陷困境而不沮丧，遇险境而不惊慌，遭逆境而不失望，"不管风吹浪打，胜似闲庭信步"。

"动善时"，即把握机遇做到如水一样，善于应期而动而不失天时。水性是灵活的，水无常形，因机而动，因动而活，因活而进，故有无限生机。水是非常典型的随自然而变的东西，夜结露珠，晨飘雾霭，晴蒸祥瑞，阴披霓裳，夏散冬凝，因时而变；舒缓为溪，陡峭为瀑，深而为潭，浩瀚为海，因势而变。为人处世应当学习水的艺术，顺其自然，不失时机。条件不成熟时不勉强去做，条件成熟了顺其自然去做，正确把握周围的环境与条件，努力寻找天时、地利和人和的交汇点，善于发现机遇，及时抓住机遇，勇于迎接挑战。

人生如水，水到渠成。由于水具备了"七善"的品性，所以它根本不必与人争权夺利，天下没有人能比得过它，也没有人能争得过它。一个人如要效法自然之道的无私善行，便要具有如水一样至柔之中的至刚、至净、能容、能大的胸襟和气度。

当然，水能载舟，亦能覆舟，这不能说是水的恶。造成水患应该是人为因素居多，水多成患，水少成旱，是水对人类的惩罚，毕竟善恶到头终有报。赏善罚恶也是水的一个鲜明的特性。正因为水的覆，多少次的更替，多少次的生灵涂炭，才会使新的物种、新的生命出现，推动了社会的进程。也许是它的"恶"造就了它的善根，说明为人处世不仅是包容，也要杜绝对恶的纵容。弃恶扬善，才是为人处世的态度。

2007 年 11 月

自我与无我

"建立自我，追求无我。"

这是李嘉诚先生的一句名言，是他的人生哲理，成功之道。我想，所谓"建立自我"，指的应该是人的自信、自尊、自爱和自强，主要在于塑造完善的自身人格，拥有自身生存发展的实力、地位和影响。而"追求无我"，则是一种处世心态，一种生活智能，一种至高境界，就是把自己融入生活和社会之中，努力追求达到实现和超越"自我"的目标。

"自我"和"无我"，作为一种人生态度，两者相辅相成，缺一不可。没有"自我"，就没有真正的"无我"；有了"自我"，若没有"无我"，就不能清心忘我，不能将自己融入社会，汇入自然，不能更好地正视"自我"，认识"自我"，进而实现"自我"，超越"自我"。

塑造完善的人格，是一个漫长的过程，正所谓"路漫漫其修远兮，吾将上下而求索"。即便是一个人拥有了完善的人格，真正建立好了"自我"，但人生还没有走完，当自爱而不自恋，漫漫求索"无我"的境界。

为我为己，是人皆有之与生俱来的情结，适当理性的"自我"，可以给人带来自信、自尊、自爱和自强，从而努力追求以达到实现和超越"自我"的目标。但过多的"自我"，往往使人产生自负、自傲、自大、自卑、自怜、自私、虚荣、嫉妒的心理和行为，给自己带来各种各样的痛苦不安和挫折失败。

超越"自我"反映了一个人成长过程的不同境界。可以说,成长的过程就是从"自我"到"无我"的过程。"以自我为中心",是人最初的、先天性的最基本的一个本性。刚来到世上的婴儿,他们用哭声向家长传递信息:我渴了,我饿了,我要睡觉……一切围绕的都是"我想""我要",是完全的"以自我为中心"。当孩子慢慢长大被送进托儿所、幼儿园,参加到最初的集体生活中,"自我"的比重就会开始逐步下降。随着年龄的增长,进入学校走上社会,在芸芸众生中,个人的"自我"比率会越来越趋于零,渺小得几乎可以忽略不计。然而,很多人并没有认识到这种"自我"比重的变化。有些孩子初到社会,依然想保留"以自我为中心",以"我想""我要"为处世的方式,在与团体中的同事合作中存在着很大的障碍,常常与社会发生一些不可调和的矛盾。因此,从孩子懂事开始,就应该向他们逐步灌输"去我"意识,由最根本的"自我"发展到"由我及他人",为了"自我"目标的实现,必须先满足别人,帮助别人,获得别人的支持和信任。

为了"自我"而先为他人,这仅仅是从完全"以自我为中心"的境界提升到"为了我而先为别人"的境界,人生的最高境界当是"无我"之境。当一个人时时刻刻为他人着想,在实现"自我"的时候,就会越来越回归自然,合乎自然规律,和周围天地合一。人,只有心中"无我",才能实现真正"自我",享受自在人生。

《论语》记载:

　　"子绝四:毋意,毋必,毋固,毋我。"

在孔子看来,超越"自我"中心的困局,追求"无我"之境,要弃绝的四种毛病是:意、必、固、我。实际上这四点是全部孔门学问的中坚。所以孔子教我们学问修养,就要效法他做到这四点,"毋意、毋必、毋固、毋我"。

"毋意",不主观臆想、凭空揣测。别卖弄自己的小聪明,把别人都看成一无所知。当事情尚未发生时,迹象尚不明显时,总有人喜欢表现聪明,预先猜想结果。猜对了,则是先见之明;猜错了,则是事有蹊跷。每个人都有想象力，都可以猜测事理。一般而言，在事情尚未发生、缘由尚未查明之前，我们喜欢发挥想象力，猜测真正的情况。但是，当猜测成为习惯之后，主观意志往往胜过客观真相，甚至加以曲解，指鹿为马，颠倒黑白。

"毋必"，不全盘肯定、妄下结论。任何言论，都是"全称命题"最有力，譬如，"所有的人都好学"，当然要比"有些人好学"更能显示说话者的权威。但是麻烦亦在于此，因为全称命题的弱点很明显，只要找出一个人不好学，它就站不住脚了。因此，说话或判断时，最好留些余地，以免将来后悔。在待人处事中，万不可把事情做绝，要时时处处为自己留下可回旋的余地，就像行车走马一样，一下子走到山穷水尽的地方，调头就不容易了。俗话说"过头饭不吃，过头话不说"，就是这个道理。具体在日常生活中，就是在承诺别人、拒绝别人、批评别人时，凡事留有余地。

"毋固"，不拘泥僵化、固执己见。"固"就是不知变通的意思。儒家坚持仁义，但是在实践上则以"通权达变"为原则。孔子鼓励大家学习，因为"学则不固"，见多识广之后，可以避免顽固执着。人的习惯，不论在思想上或行为上，一旦形成之后，就不易更改，僵化而不知变通。即使时空不同、对象有别，我们也照着旧有的模式去进行。如此较为安稳，但缺乏创造力，也无法适应新的挑战。

"毋我"，不自以为是、唯我独尊。有些人，一开口就提"我"，一转念就想"我"，事事为"我"而为，这样的人不是狂妄自大、自我膨胀，就是心虚气弱、自卑妄执所致，总怕别人不知道自己、看不起自己、忘记自己，而过度关注自己、考虑自己，刻意去表现自己、暴露自己。这不单是心志不成熟、轻狂浮躁、心理脆弱的表现，更是在自己折磨自己、残害自己。人不能没有自我的抉择，人也须对自我负责，但是这并不代表我们应该"执着"自我的一切。儒家对于人我关系，首重"恕"字，"如心为恕"，就是将心比心，换位思考，设身处地为人着想。"己所不欲，勿施于人"，这是互相尊重的态度。凡是牵涉到别人的言行，都要谨慎为之，以免盲目膨胀"自我"否定别人，形成各种不必要的困境。

　　"无我"的精神,是一种超越"自我"的无私境界,即天地的境界。心中"无我",海阔天空。正所谓"心底无私天地宽"。天地无私,所以天地博大;日月无私,所以日月光明;圣人无私,所以圣人能超越"自我"。圣人"无我","无我"所以有大我;圣人无能,无能所以有大能;圣人无功,无功所以有大功。"毋意"的思索才能使我们不为表象迷惑;"毋必"的心态才能使我们不为利益迷痴;"毋固"的情感才能使我们不为贪欲迷失;"毋我"的智慧才能使我们不为生死迷茫。

2008 年 1 月

积累人生

生也有涯。哲人说,人生只有三天:昨天,今天,明天。跑过去的是昨天,奔过来的是明天,正在走的是今天。我们所需要做的是回顾昨天,把握今天,憧憬明天。昨天已经过去,明天还未到来,今天就在手中。今天是联结昨天和明天的纽带,今天的一切是由昨天决定的,明天将取决于今天的选择。

人的一生其实就是一个长期的持续积累的过程,而人生的积累难在选择,贵在坚持,成在放弃。

所谓"积累",《新华词典》解释为"(事物)逐渐聚集"。其实,积累就是质量互变规律的通俗表述,是某一事物从无到有、从少到多、从小到大,一点一点发展,一步一步前进,到一定程度完成由量变到质变的过程。而人作为客观世界的产物,也毫无例外地遵循这一基本规律。

现实生活中,人人都有梦想,都渴望成功,都想找到一条成功的捷径。成功其实并不难,捷径就在你的身边,那就是——学会积累、勤于积累、善于积累。

积累人生,始于选择,难在选择。选择就是做擅长的事。

清人顾嗣协曾经写过一首《杂诗》:

"骏马能历险,犁田不如牛。坚车能载重,渡河不如舟。舍长以就短,智者难为谋。生材贵适用,慎勿多苛求。"

意思是我们要善于认识自己,客观、公正、正确的认识和评价自己,在认识自己的过程中,既要看到自己的长处,又要看到自身的缺点和不足,要善于发现自己的长处和优势,做到扬长避短。因为唯有利用自己的长处,才能给自己的人生增值;相反,利用自己的短处会使自己的人生贬值。

一个人在给自己的人生方向定位时,有一条原则不能变,即无论做什么,都要选择最擅长的。只有找到自己最擅长的,才能最大限度地发挥潜能,调动自身一切可以调动的因素,并把自己的优势发挥得淋漓尽致,从而获得成功。

选择能决定人生,定位能改变一个人的命运。选择是积累的起始,你选择什么样的目标,就会有什么样的人生。所谓"条条大道通罗马",人生的道路原本有很多条,但并不是任何一条路都是最适合自己的。尺有所短,寸有所长。一个人竭尽全力去做一件事而没有成功,并不意味着他做任何事情都无法成功。一个人做自己最擅长的事,是获取成功的一大法则。如果一个人对自己的长处了解不够,所处位置不当,他就永远休想有所建树。那些涉世不深者,往往只会羡慕别人,或者模仿别人做事,盲目跟风,亦步亦趋,人做我也做,很少有人能认清自己的专长,了解自己的能力,然后发挥专长,所以不能够成就大事。反之,如果找到自己的长处,就会挖掘出自己无限的潜能,便更容易取得成功。西德尼·史密斯说:

"不管你擅长什么,都要顺其自然;永远不要丢开自己天赋的优势和才能。"

只有做自己最擅长的事,才能在芸芸众生中脱颖而出。选择难,难在你能否把握"自知之明",是否充分了解自己的长处,根据自己的特长来准确定位或者重新定位,及时调整自己的方向。很多人往往一时很难弄清楚自己的优势所在,这就需要在实践中善于发现自己、认识自己,不断了解自己能干什么,不能干什么,如此才能取己所长、避己所短,进而取得成功。

富兰克林说:

"有事可做的人就有了自己的产业，而只有从事天性擅长的职业，才会给他带来利益和荣誉。"

如果你用心去观察那些卓越的人士，就会发现，他们几乎有一个共同的特征：不论聪明才智高低与否，也不论他们从事哪一个行业、担任何种职务，他们都在做自己最擅长的事。

积累人生，苦于坚持，贵在坚持。坚持就是反复做简单的事。

有这样一则故事：

一位著名的推销大师，做告别职业生涯的演说。舞台的正中央吊着一个巨大的铁球。推销大师邀请两位身体强壮的年轻人到台上，请他们用大铁锤去敲打那个吊着的铁球，直到把它荡起来。两个年轻人轮番上阵，拉开架势，抡起大锤，全力向那吊着的铁球砸去，把吊球打得叮当响，可是铁球仍旧一动不动。这时，老人从上衣口袋里掏出一个小锤，对着铁球敲了一下，停顿一下，再用小锤敲了一下。10分钟过去了，20分钟过去了，人们早已不耐烦了。老人却不闻不问，只管一小锤一停顿地敲，大概在老人进行到第40分钟的时候，球动了！接着，吊球在老人一锤一锤的敲打中越荡越高。老人的告别演讲只有一句话："在人生的道路上，如果你没有耐心去等待成功的到来，那么，你只好用一生的耐心去面对失败。"

成功 = 简单事 + 重复做，道理就这么简单。

生活中许多人是习惯性羚羊思维的牺牲品。通常，问题并不是在他们朝目标努力的过程中犯错，而是他们没有坚持继续向目标努力。许多贾金斯式的人，无论做什么都是半途而废。

著名历史学家范文澜先生生前说过，板凳须坐十年冷，文章不写一字空。一年可能办不成任何一件事情，十年却可以成就任何事情。铁杵磨成针，功到自然成。生活中那些自命清高、不屑从底层做起的人，三天打鱼两天晒网、一曝十寒的人，只有愿望而没有实际行动的人，永远都无法完成自己的基础积累。

牛顿曾说：

"假使你要获得知识，你该下苦功；你要得到食物，你该下苦功；你要得到快乐，你也该下苦功，因为辛苦是获得一切的定律。"

积累的过程是辛苦的，但没有今天的辛苦，哪有明天的幸福？积累就是在这种不断辛苦与幸福的转化过程中逐渐丰厚起来的。积累人生要从一点一滴做起，"不积跬步，无以至千里"，"合抱之木，生于毫末"，"九层之台，起于累土"。卓越孕育于点滴积累之中，大厦由一砖一瓦堆砌，大海由一点一滴汇聚，人世间没有随随便便、一蹴而就的成功，任何人只有通过不断的努力才能凝聚起改变自身命运的爆发力。

积累人生，痛于放弃，成在放弃。放弃就是一生只做一件事。

我们很小就听过狗熊掰玉米的故事：

一只小狗熊见到一片玉米地，它掰了一支玉米，准备带回山上好在小动物面前夸耀。再往前走，又看到一块西瓜地，小狗熊觉得西瓜比玉米更值得炫耀，于是就丢了玉米去摘了一个大西瓜。没过多久，忽然小狗熊看到一只小兔子跑来了，它想啊，要是能抓到一只兔子回去，大伙儿肯定更羡慕了，就赶紧丢了西瓜去追兔子。没想到兔子跑得快，一眨眼，跑到树林里看不见了。结果忙了一天，贪心的小狗熊什么也没得到，只好两手空空地回去了。

人的一生，面临的诱惑太多。在一个人为梦想而奋斗的路上，会受到诸如金钱、美色、名利、地位等物欲和情欲的诱惑。人往往觉得已经到手的不是最好的，凡是有机遇路过，都想抓住，去创造一个奇迹。人的精力是有限的，不可能面面俱到，要有所为有所不为。

要做好一件事，做得非常成功，就要放弃其他一些事。放弃往往出于无奈，会有痛苦。但你要追求事业成功，不可能什么都不放弃。想要得到一切的人，最终可能什么也不会得到。

要干事，要干成事，宁可做傻子，不要做尖子。傻子和尖子干事的心态是不同的。尖子干什么都左顾右盼，最容易见异思迁，结果是聪明反被聪明误；傻子能傻干，认准了一门，就干下去，不见异思迁，不偷懒耍滑，结果傻人自有傻人福。

循一则而用力则功立。从一而终，一根筋，一条路走到底，心无旁骛地做一件事，更容易成为强者。坚持登一座山峰的人，一定会到达顶峰。一辈子坚持只做一件事的人，一定会成功，并且会成为一个强者、一个佼佼者。

一生只做一件事，在寂寞中坚持，就是对自我灵魂的执着；一生只做一件事，在困境中努力，就是对有限生命的超越；一生只做一件事，将生命的能量聚焦，才能创造伟大的辉煌。

很多人之所以能获得成功，都是因为一辈子坚持做一件事不动摇。一辈子坚持做一件事不动摇，就算不能成功，也一定会有一个结果。与其诸事平平，不如一事精通，这是一种规律。成功者不在全，而在专。分散精力的人不会成功。泛泛努力，八方讨好，可能是一事无成，各方埋怨。一个人的精力有限，时间有限，在有生之年，把握住自己真正的志趣与才能所在，专一地做下去，才可能有所成就。

人生需要积累，这是一条最原始也是最简单的真理。只有积累，我们的知识才会不断丰富，能力才会不断提高，素质才会不断增强，人格才会不断完善，实力才会不断雄厚。人生因积累而精彩，生命因积累而厚重，学识因积累而渊博，事业因积累而成功。积累人生能使我们的生活更加充实，积累人生能使我们感悟生活的真谛，积累人生能在我们回首往事时不感到虚度年华。让我们在积累中完成人生的光辉历程吧！

2008 年 4 月

包容之美

蚌病成珠。蚌不因砂子的入侵而排挤它,反而自己承受痛苦把它包裹。久而久之,就形成了一粒光彩夺目的珍珠。

人生同样如此,漫漫征途,为情所困,为钱奔波,为芥生蒂,路上有很多不如意的事,你反对也好,赞赏也罢,发生的总会发生,出现的总会出现,不以你的意志为转移。就像你周围的人群,有人沉默寡言,有人谈笑风生;有人诚实可信,有人奸诈狡猾;有人安于现状,有人永不满足;有人热情诚厚,有人冷若冰霜;有人机敏活泼,有人蠢笨迟钝;有人正人君子,有人投机钻营;有人穿着简朴,有人着装华贵;有人循规蹈矩,有人标新立异……你不能要求每个人都与你一样,就像你不能要求自然界的花都是红色或是黄色的一样。要学会包容它,把它同化,纳入自己的生命。这或许就是包容之美、和谐之美吧!

海纳百川,有容乃大;壁立千仞,无欲则刚。包容,就是大海,能纳百川,方能成其大;包容,就是高山,不让土壤,方能就其高!《菜根谭·清浊并包·善恶兼容》中有这样的话:

"持身不可太皎洁,一切侮辱垢秽要茹纳得;与人不可太分明,一切善恶贤愚要包容得。"

自命清高者必将被世界抛弃,只有学会在包容与接受中成长,才能最终历练出坚忍的性格,走向成功。

荀子曾经说过:

"君子贤而能容罢，知而能容愚，博而能容浅，粹而能容杂。"

　　人的一生，最难做到的便是包容。人们往往注意丈量人生的长度，却从不去计量人生的容量。人们往往能够包容成功，却很少能够包容失败；能够包容忠诚，却很少能够包容背叛；能够包容赞美，却很少能够包容诋毁；能够包容快乐，却很少能够包容痛苦……

　　我们总是欣然地接受上苍的馈赠，却不能坦然地接受另一半——让我们感到怨恨、气馁的人和事，这些同样是人生中不可或缺的部分。事实上，人生容量的大小，往往体现了人的涵养与价值，决定了人的成败与得失。历史的书页中，这样的例子随处可见。蔺相如对廉颇的包容，成就了"将相和"的佳话；鲍叔牙对管仲的包容，成就了"九合诸侯，一匡天下"的壮举；李世民对魏征的包容，成就了"贞观之治"的盛世；宋朝君主对士子学人的包容，则迎来了继战国之后中国历史上第二次思想解放、文化繁荣的高潮。姜太公直钩垂钓，痴心不改，是一种执着；陶渊明采菊东篱，荷锄归去，是一种从容；韩信虽受"胯下之辱"却仍牢记"不知者无罪"，其大将风范可见一斑。面对孟获的愈发猖狂，诸葛亮选择了七擒孟获而又六次将其放走的包容；曹操正是因为用人的大气，到了曹魏鼎盛之时，旗下人才云集、猛将如云，一统了当时的中国北部，建立了名垂千古的赫赫功勋。与此相反，历史上也不乏气量狭隘的小人，庞涓嫉妒孙膑的才能，于是想尽办法迫害他，最终却落得身败名裂，为天下笑；小说《三国演义》中周瑜嫉妒诸葛亮的谋略，到死也不知悔悟，仰天长叹"既生瑜，何生亮！"。于是乎，那些"小肚鸡肠"之人一个个溺死在自己的狭隘中，真是作茧自缚，令人悲哉！胸襟开阔者，兼收并蓄，天下归心，故能成其大器；器量狭小者，抱残守缺，排拒世界，最终也难免为世界所排拒。

　　尊重差异，尊重个性，博采众长，对一个人而言很可贵，对一个城市、一个地方亦然。千姿百态的思维方式，神态各异的表情，奇形怪状的服饰，棱角分明的个性，展示着一个地方的活力，也孕育着创造力。相反,倘若一个地方的人性格千篇一律,思维趋同,中规中矩,这个地方就很难有吸引力、创造力。在创新与创业的大潮中,我们要让地域文化和人文精神中多一些包容个性、支持个性的积极因子,给创新和创业一个宽松的环境、一个包容的氛围;鼓励人们拿出勇气,解放个性,冲破阻碍,积极探索,从而带来思想观念的激荡,推动创新、创业的步伐。因此,包容的意义,绝不仅仅停留在个人层面,它对整个社会的存在和发展,同样有着巨大的能动作用。

有人说包容是人类最为宝贵的意识,也有人说包容是成就事业的重要条件,还有人说包容是人类社会发展最重要的文化要素。确实,包容对人类,恰如空气对生命,具有非同一般的价值和意义。在构建社会主义和谐社会的今天,面对文化的多元性、独特性,面对利益主体的多样性及其利益诉求的差异性和复杂性,没有包容,就不可能有和谐。

包容是一种美德,一种胸怀,一种境界。

一百多年前,法国作家雨果曾经这样感叹:

"世界上最宽广的是海洋,比海洋更宽广的是天空,而比天空更宽广的,是人的胸怀。"

古老的东方,人们也世代传承着一句浅白的俗语:

"宰相肚里能撑船。"

法国人的浪漫和中国人的实在碰撞在一起,于是人们发现,包容,超越了国家、语言、民族和文明的界限;包容,是这个美丽星球的子民所共同拥有和赞美的品德。

大千世界,形形色色,倘若以己之优势推人,便会无一良善;倘若以己之喜好遇人,便会无一知己;倘若以己之肚量度人,自会蝇营狗苟。

包容是一种心态,一种修养,一种气度。

"大肚能容,容天下难容之事;笑口常开,笑世间可笑之人。"

正因为有如此心态，弥勒才能笑口常开。面对蔑视、敌意、猜疑、偏见、嫉妒、误解、冷遇、陷害、离间，并不是所有的人都能泰然自若，沉着冷静。多一份包容就多一分自省，少一分抗争；多一份包容就多一些朋友，少一些敌人。生活琐事何必斤斤计较，胸怀坦荡、大度待人是一种高尚的道德情操。学会包容，给他人留有余地，也是一种高超的处事态度。一朵紫罗兰被践踏，它却将芬芳留在那双脚上，这就是包容。学会包容他人，就是学会了包容自己。包容他人对自己有意无意的伤害，是让人钦佩的气概；包容他人曾经的过失，是对他人改过自新的最大鼓励；包容他人对自己的敌视、仇恨，是人格至高的袒露。包容得越多，收获也就越多；越能容得下，越代表着输得起，越能给自己一条走向新生的道路。

包容是一种学问，一种艺术，一种智慧。

古言道"仁者乐山，智者乐水"，仁者的包容是山的情怀，智者的包容是水的规劝。常以包容之心待人处事，必能得到别人的爱戴；眦睚必报，损人不利己，必会步入死胡同，难以斡旋。包容这门学问，是面对不同的观点、不同的看法都虚心倾听；是人们对问题的友好争论和对不同观点的互相学习与补充；是两个平等的个体对于人生的研究与探讨，而不是尊严上的对骂。面对误解，需要等待时间去解释；面对不同的声音，需要细心聆听。包容确实是一门精深的艺术，它不是随随便便可以得到、可以舍弃的东西。它是一种精神的凝聚，是一种善良的结晶，是人性至善至美的沉淀。只有领略到了其中的滋味，行包容他人之举，真正地拥有那份坦然、那份自然，才是活出了真正的人生。犹太人有这样一句谚语：

"人生下来就是为了承受苦痛。"

面对人生每一次成长都必须付出的代价，愚者选择了怨恨，而智者则会选择包容。

包容是一种理解，一种幸福，一种财富。

英国有句谚语：

"No garden without its weeds. （世上没有不长杂草的花园。）"

金无足赤，人无完人，对他人的包容，正是建立在对他人的体谅和理解之上。它如同一泓清泉，可以洗去心灵中不应该存在的自私和狭隘；它可以使人冷静，从而看清事情的真相；它意味着不计较个人的得失，并可以用真诚去感动并温暖对方。在人际交往中，由于每个人所受的教育程度不同、社会环境影响不同、所参与的社会活动不同，所以，要想学会包容就要先学会理解，而只有学会理解他人才能做到包容。有时对一些无知者的原谅与迁就是一种包容，年长者对孩子的无知行为的不计较是另一种包容。能够包容别人是一种幸福，让别人心存感激更是一种幸福。学会包容，生活就会充满阳光。人生一世，不能使自己在琐事困扰中作茧自缚，更不能在无尽痛苦中度过。人生短暂，生命无常。同样是一辈子，有的人在无尽的愤恨和埋怨中挣扎着过；有的人在快乐幸福中沐浴着过。能够包容别人的过失，包容众生的错误，是人生最大的财富。

包容，说易行难，关键是要从我做起。于一举一动、一言一行中要做到：多看别人的长处，不揪别人的短处；善帮别人的难处，不图别人的好处；常思别人的益处，不戳别人的痛处。

要容人之短。尺有所短，寸有所长。善于发现自己的短处，并能容得了别人的短处，才能包容别人、和谐共处，切不可拿己之长去量人之短。对于能力比自己强的人，不是用阴谋诡计、冷枪暗箭来整垮他，而应在公平竞争的基础上努力赶上他、超过他。

要容人之过。人非圣贤，孰能无过？对待别人的过失，不求全责备，不以偏概全，不冷嘲热讽，不落井下石，而应以平常之心去提醒和帮助别人。

要容人之言。允许别人说话，不搞"一言堂"。善于采纳不同意见和建议，不独断专行；善待批评、反对自己的人。

人生需要包容，但包容不是无限制、无原则、无条件的屈服和放纵。包容总是以一定的原则作为前提的。安全是包容的最高原则。

当矛盾体的运动对事物的存在构成严重威胁时,包容就不复存在。否则,就会演绎出现代版的"农夫与蛇"的故事。如果非要为了包容而包容一些不应该包容的东西,那不是包容而是纵容。一味地迁就、放任自流,就是溺爱,那是不负责任的表现,是害人之举。若有人称此为"包容",那就是对"包容"的一种误读与曲解。包容不是没有原则、没有是非。有一种情况决不能包容,那就是面对邪恶你决不能选容忍。尊重个性和差异也不是鼓励走极端。包容是要以一种旷达的心境,淡然处于世间;以一种心灵上的自我抚慰来独善其身,而最终的目的是兼济天下,使自己走向成功。包容更不是以损害整体利益为代价的妥协,而是建立在平等交流、和谐共处基础上的相互尊重、相互谅解、相互信任、相互支持。

包容并不意味着软弱、畏缩,更不是妥协、怯懦。包容不是去对付,去虚与委蛇,而是以心对心去理解、去化解;包容不是什么都要钩心斗角,什么都要斤斤计较,什么都要剑拔弩张,什么都要你死我活。所谓包容即是用一颗宽容豁达的心,包容他人的缺点与错误,包容他人的指责与误解,包容他人的侵犯与攻击。

包容不是看破红尘,在包容里也没有逃避与逃离,包容是一种积极的面对。对现实的包容并不意味着满足,对困境的包容并不代表停滞不前。人生总是在不断的进取。很多时候,包容与宽容同意,用一颗宽容的心,换一个崭新的视角去看待这个世界,你会有许多惊喜的发现。

学会包容,和谐共生。包容像阳春扁舟里的放歌,仲夏凉亭中的弄弦,深秋山林中的漫步,隆冬火炉旁的畅谈,它是一种情感的渗透,心灵的沟通。因为有包容,世间才充满爱,到处满溢风景。让我们用心去感受,用心去理解,用心去倾听,用心去包容。

2008 年 7 月

沉静心灵

　　心灵是一个人精神的家园,是感情的栖息地。我们已经多久没有关注心灵了? 又有多久没有关注精神的悲喜了? 宁静致远,指的是一种良好的心灵状态。如果我们对喧嚣的人世感到有些厌烦、无奈,如果我们的心灵莫名的疲惫和忧伤,那么我们不妨去看看大山。

　　山沉淀着许许多多个春夏秋冬,领略过无数次春花、夏云、秋月、冬雪,也沉淀着无数的黑夜与白昼的交替,熟知星夜的沉寂与阳光的温暖。山用它巨大的躯体承载着这一切,它的无言正说明它的博大;山以它的雄浑、厚重默默地承受着自然的千变万化,无论是日月轮回,斗转星移,天地巨变,山还是山,变化的只是我们的心情。

　　有人说:

　　"每个人心中都有一座火山,沉静的人心里是沉睡的眠火山,浮躁的人心里是蠢蠢欲动一触即发的活火山。同样都是火山,活火山只有荒凉一片,眠火山却能长出清新的森林。"

　　很少有人亲见自然界中火山的喷发,但人们却常常能感觉到心里的活火山;地球上已知的眠火山比已发现的活火山多得多,人们心中安睡的眠火山却不易被发现。

　　迷失在世俗里,浮躁渐成时代病,清醒的人会知道沉静的可贵,懂得沉静是无声的力量,它胜过任何轰轰烈烈的状态!

　　忙碌的生活和生理的满足日益影响着人们的灵性,深陷尘世的人们在或夸张或虚无的人际场中,孤独感不时侵袭,于热闹的背后,于无人处,愈发显得渺小、可怜和无助。人们似乎越来越没有耐心,越来越不能容忍失败,越来越渴望"捷足先登"和"一夜成功"。慢慢地,内心被浮躁占去了越来越多的空间。浮躁让更多的人坐立不安、患得患失、手足无措。

沉静是一种修养,一种美丽,一种至上的境界,一种厚积薄发的能量蓄势。沉静与年龄无关,却与阅历结缘,阅世越多,体会越深。

沉静是摆脱喧嚣之后的安谧,是经历动荡之后的平和。只有经受过苦难的历练,并领悟生命真谛的人,才能拥有这一份心灵的从容和人生的坚定。

"沉"是深沉,"静"是宁静;养德练才,"非宁静无以致远",非深沉无以深刻持久。沉静之人,在嘈杂纷繁中依然能心静如山,"万物静观皆自得",心灵深处始终保留一份安之若素从容不迫的恬静;泰然自若,沉着安然,温柔敦厚,不愠不火,像生命盛开的鲜花,如灵魂成熟的硕果;闹处不闹,静处不静,闲处不闲,躁处不躁;"得失随缘,心无增减",把持住一颗平常心。

空寂、旷达、淡泊、宁静和至静之极的境界是古人先贤所追求的境界。沉静中才能有所悟,寂寞中才能得到精神升华。

耐得住寂寞,耐得住宁静,摒弃浅薄,去除浮躁,胸中就有了山一样的宽厚,山一样的静美,便能静下心来,让心态平和。而只有心态平和,才能发现问题、琢磨问题、研究解决问题的方法。

当人沉静下来,头脑清醒,思维缜密,才能看出所有干扰清晰思考、蒙蔽真实感情、影响智慧判断,以及阻碍自己找到答案的问题所在,才能在自己的内心深处保留一处梦想可以停驻的宁静之地。

美国哈佛商学院教授巴达拉克在2002年写了一本书,名为《沉静领导》。沉静领导者,他们选择负责任的、低调的、幕后的方式,来解决各种问题,始终谦逊、克制和持久地来捍卫自己的职业操守,表现出沉静而不动声色,而不是扮演公众英雄。这些沉静领导者的超凡成就,在很大程度上,得归功于他们身上确有的与众不同的三种沉静美德:克制、谦逊和执着。

传统意义上的领导形象是抛头露面、叱咤风云、明星做派，或者像轰轰烈烈的英雄。他们个性十足、惹人注目。官场上常可看到，抢镜头、上头条、摆造型，甚至挖空心思绞尽脑汁地作秀炒作，鹤立鸡群地把持话语权。

沉静领导不是简单的领导方法或模式，而是一种领导风格。他们谨慎踏实深思熟虑的行动，起到至关重要的作用。沉静的品格，就像一朵淡然绽放的秋菊，没有炫耀斑斓的色彩，不卖弄浓郁的香味，这种独特的气韵和品质，虽不刻意外露，却让人格外钟情；沉静的品格，就像一枝经霜的腊梅，不与百花争艳，不同群芳争春，这种独特的品性和风格，虽不随意张扬，却能卓尔不群。

秋天来了，在这成熟的季节、收获的季节里，信步走近郊外的南山。与南山相对，于寂静中体悟大自然的气息，感到心灵自由的真趣和怀古幽情的深远，那份沉静而神秘的感觉不由自主地随声声鸟鸣而深入心田。此时，在沉默的山面前，心灵仿佛山花一样，自由地盛开，从容地收敛。透过表面的繁华，拂去尘埃，发现沉静原来是这般美好！

2008 年 9 月

生命的责任

曾读过一则寓言故事：

很久很久以前，走兽和飞禽有过一场激烈的战斗。蝙蝠两方面都不参加，老待着看哪边取得胜利。起先，飞禽战胜了走兽，蝙蝠就加入飞禽一边，跟它们一起飞，表示自己是飞禽。后来，走兽开始占优势的时候，蝙蝠就投到走兽那边去了。它把自己的牙齿、爪子和奶头给它们看，证明自己是走兽，同时保证自己热爱同类。最后，飞禽终于得胜了，蝙蝠又投到飞禽那边，可是这回飞禽把它撵走了。蝙蝠想再加入走兽这边来，也已经不可能了。从此它两方面都不能够参加，只好待在地窖里，或者待在窟窿里，黄昏的时候才敢出来到处飞。

与各类动物相比，人更懂得"趋利避害"，许多人在面对"有利"与"不利"两种抉择时都会趋吉避凶。四川都江堰某中学的一名老师因为地震发生时丢下学生不管，自己第一个冲出教室跑到操场，有人将此事发在天涯论坛广而告之，遭到众多网友的群起攻之，送给他一个外号——"范跑跑"。继"范跑跑"之后，安徽省某中学一名教师因为在上课时没有及时制止学生的纷争和推搡行为，致使一学生意外丧命，因此引来骂声一片，不少人将这两人相提并论，戏称其为"杨不管"。

人天生就是一种善于逃跑的动物，避免或逃脱责罚是人类的一种强烈本能。但要知道我们在逃避责任的同时，也逃避了机遇与成功,更失去了良知。无论你是谁都不可能避开"责任"两个字。不论是道德责任,还是法定责任,都不以个人意志为转移。不履行道德责任,会受到道德的谴责和良心的拷问;不履行法定责任,会受到法律的追究和制度的惩处。

现实中,许多人都会有这样的表现:工作上有了成绩,争先揽功;工作上有了失误,互相推诿扯皮,于是"集体负责""交个学费"便成了他们推脱责任的借口。一起起惨痛矿难给人民生命财产造成重大损失,一种种假劣食品致使许多无辜百姓受到伤害,一次次严重污染造成难以挽回的生态灾难……

从这些安全事故和重大案件中,人们看到了共同的祸根,这就是责任的缺失。今天,人们强烈呼唤责任意识,并赋予责任日益丰富的时代内容:负责任的大国,负责任的政府,负责任的公民……

责任,就这样沉甸甸地摆在我们面前,任何回避都是不负责任的表现。

世界是一个充满责任的世界。花有果的责任,云有雨的责任,太阳有光明的责任。唯有责任,才能担当;唯有担当,才能付出;唯有付出,才能收获。生命就是一种责任,谁逃避自己的责任,谁就会被命运捉弄。

人的一生,背负的是对生命的承诺和责任。在某种意义上,人世间各种其他的责任都是可以分担或转让的,唯有对自己的人生的责任,只能完全由自己来承担,丝毫不能依靠别人。所以说,人生因责任而伟大,生命因责任而不朽。

正如丘吉尔所言:

"高尚、伟大的代价就是责任"。

记得《廊桥遗梦》里有段经典的台词:

"尽管爱情的魔力不可抗拒。可是,如果放弃责任,爱情的魔力就会消失,就会蒙上一层阴影。"

《廊桥遗梦》的爱情之所以伟大，正因为那是为了责任，一辈子牺牲爱情的男人和女人演绎出来的经典爱情。这其中蕴含着多少拒绝诱惑的理智和无奈不为人知。感动与泪湿，完全缘于那伟大的责任与伟大的爱情的对抗，让人明白感情的背叛并不等于责任的背叛。

　　责任是我们不喜欢但又不得不接受的一种生活和人生的需要。人的理智行为的动机，在性质上可分为主动追求的欲望和被动承担的责任。凡是欲望，都是主动的选择；凡是责任，都是被动的权衡。追求欲望主要靠注意力去探索未来，在创新中选择；承担责任主要靠判断力去认识现实，在利害中权衡。欲望不能超越责任，责任不能代替欲望。欲望是我们自己"想要"的，责任是我们"推不掉"的，而追逐欲望给人带来快乐感，承担责任给人带来使命感。勇于承担责任是对人生义务的勇敢担当。一个充满责任感，勇于承担责任的人，会因为这份承担而让生命更有分量。

　　责任从本质上说，是一种与生俱来的使命，责任就是对自己所负使命的忠诚和信守，责任是人性的升华，是人生的一种固然的高度，一种恬然的执着，一种诚然的忠贞。人生之真谛全在"责任"二字。责任，如同十字架，是沉重的。马克思、恩格斯在谈到人的责任时曾指出：

　　　　"作为确定的人，现实的人，你就有规定，就有使命，就有任务。"

　　人格，人品，人生价值之高卑，全在于如何对待自己之责任。古今中外，重责任者必自重，轻责任者必自轻。只有那些不推卸责任的人，才有可能被赋予更多的使命，才有资格获得更大的荣誉。一个缺乏责任感的人，或者一个不负责任的人，首先失去的是社会对自己的基本认可，其次失去的是别人对自己的信任和尊重，甚至也失去了自身的信誉和尊严。

　　人生的责任，是人在其社会的生存和生活中应承担的扮演不同社会角色的职责和任务，以及对自身行为过失的不良后果所付出的代价。责任似乎有着重量，因为角色成了砝码；责任事实没有重量，因为生来附着生命。责任始于角色，每个人活着都是有一定责任的。正如梁启超所言，对人的责任是"凡属我受过他好处的人，我对于他便有了责任"，对事的责任是"凡属我应该做的事，而且力量能够做得到的，我对于这件事便有了责任"，对自己的责任是"凡属我自己打主意要做一件事，便是现在的自己立了一种契约，便是自己对于自己加一层责任"。一个人来到世上，就是为了承担属于自己的那份责任，对国家、对社会、对家庭、对父母、对子女，我们都有不可推卸的责任，这是我们融入这个社会必不可少的责任，是我们来到这个社会而赋予的神圣任务。

人生的不同阶段、不同环境，其责任的内容和重点有所不同，处于家庭、单位、社会等不同环境，其责任主体也各有侧重。但付出和奉献，则是亘古不变的责任的本质特征，也是人生价值的真实含义。责任需要承担，敢于担当对自己的责任，就会不断向更高境界追求；敢于担当对他人的责任，就会获得更多的爱与和谐；敢于担当对生命的责任，就会勇敢地战胜坎坷，完美人生。对一切尽心尽责，那么当走到人生的尽头，也可以坦然地离开，问心无愧，获得无悔的人生。

维克多·费兰克有句名言：

"每个人都被生命询问，而他只有用自己的生命才能回答此问题；只有以'负责'来答复生命。因此，'能够负责'是人类存在最重要的本质。"

生命诚可贵，责任价更高。人生须知道有负责任的苦处，才能知道有责任的乐处。这种苦乐循环，便是这有活力的人间的一种趣味。常怀责任之心，常修责任之能，常思责任之术，常求责任之果，是人生与责任的真谛所在。

2008 年 11 月

心海深处有涛声

秘书的职业生涯,让我今生与文字有了缘分。工作三十多年,仅在秘书工作岗位就度过了十多个春秋,那种整天与文字打交道、为他人做嫁衣的苦辣酸甜,不是亲身体验是很难领会和理解的。

谁都知道秘书是苦差事,极少有宽松的时刻,极少有闲适的心境。长年累月眼不停地看,手不停地写,脑不停地转,八小时内有做不完的"作业",回到家里仍需爬格子,经常是夜以继日,孤灯相伴。案头灯光记录着岁月流经的痕迹,纸与笔的摩擦中交织着炽热心灵的震颤,字里行间渗透着辛勤耕耘的汗滴,不倦的身影凝聚着赤诚的信念,这就是秘书愿为人捉刀、甘为人笔杆的写照。

在我看来,文字秘书当有三重境界:"记言""圆说""升发"。

"记言",这是文字秘书的基本功,就是要做领导的录音机,机械地照抄照搬,对领导意图只是简单的"上情下达"或"遵命文字"。但领导并不要求秘书充当"记言史官",而是希望秘书"增益其所不能"。

"圆说",对领导的只言片语进行再加工,从感性认识上升到理性认识。平时注意捕捉积累领导一些零散言谈中迸发的思想亮点,并加以由此及彼的联想和连贯思考,对零碎的分散的言论观点找出内在联系,把握领导的思维走向,从发展的角度把领导的思想有机地串起来,全面归纳,系统分析。

"升发",这是一个对领导意图进行先了解、后深化、再拓展的过程。想要了解领导意图，要能抓住要点和核心，并善于从上情和下情、理论与实践的结合上求深化。还要发挥领导"外脑"的作用，把自己摆进去，敢于提出自己的看法，敢于从理论上、内容上进行适度拓展、凝聚升华，形成具有超前性、创造性、突破性的思路。

作家、记者的写作，是很受人尊敬的。作家被称为"人类的良心"；记者被称作"无冕的皇帝"。文字秘书的主要工作也是写作，但似乎并未能得到这样的荣耀。有人看不起文字秘书，认为搞这个行当不过是写写"官样文章"的"万金油""文字匠"。

有人这样来形容记者、作家、秘书的三副笔墨：记者用眼睛和耳朵，写看到听到的；作家用心，写感到悟到的；秘书用脑，写猜到算到的。

这样的三副笔墨，操持起来也大异其趣。有人说，采写新闻要客观真实，讲究时效；文学创作重形象思维，以情感人；公文写作需要抽象思维，主要是以理服人。此话虽不无偏颇，细想也有些道理。出于职业习惯和需要，我平时日常工作调动的是控制抽象思维的神经写公文，或偶尔也写点新闻，但与文学写作完全是两码事。后来，我在业余时间忙里偷闲地学着运用形象思维，进行创作，但这并非我的擅长，尤其不会"编故事"，只能写些散文、随笔、杂感之类的东西，寄情寓理，托物言志，总算与文学搭点边。

三副笔墨，两种思维，一杆笔，个中甘苦寸心知。

文学作品应该怎么去写，它一定有内在的独特的规律。作家黄毓璜说，散文或令人震动，或给人触动，或让人感动。文章的功效也不一，有的诱发读者的即兴之情，有的令人醍醐灌顶，产生大悟之力，而更高级的则有深长运思之功。文学作品的内在力度有时让人怦然心动，调动起读者的内应力，一起去品尝关于天地之至情，人生之况味。所谓钟情、寓理、尚境、求真即是指文学作品的此等境界。在古代散文大家中，我比较推崇的是苏东坡与韩愈。苏轼的散文如行云流水，酣畅淋漓；韩愈的散文则如高山峻岭，气势宏伟。

我的创作往往间杂在公文写作中，所以并不像许多作家或记者所说的倚马可待，一挥而就，而是要筛选自己多年的生活体验和所经所历，慢慢地，细细地，用心去过滤、体察、咀嚼、回味，然后静静地坐下来，沏上茶，燃上烟，才开始动笔，顺理成章而抒生活之感悟，录心路之历程，言人生之志向。因为想晓以独到的人生哲理，做个生活中的明白人，所以动笔之前的酝酿时间相对长些。有时甚至要到多年以后，冷处理后才肯下笔。这样的结果是一方面使卒章显志，文以明道，另一方面也是在调整，使文学作品的味道纯正一些。

多年来养成了读书的习惯，不管多忙，不管应酬过后回家时夜多深，总会翻上一会儿书才安寝。床头的常备书不是小说而是散文。从散文中我能获得很大的精神乐趣与满足。人活着要有理想，我对生活对社会始终持肯定、乐观、赞美的态度，所以我的文章有着不可忽略的理想主义色彩，即对真、善、美锲而不舍的追求，用入世的精神对待周遭的事物，忠于自己的真实感受，忠于自己的思想情操，是对文学持之以恒的守望，对流逝岁月的纪念，也是思想品德的表白。

心海深处有涛声，文到真时不言巧。文学作品是情感的自然流露，是一颗心与另一颗心的无界限碰撞和交流。文学需要感动。心的空间就如无边无际的海，涛声阵阵那是心的絮语，而心海深处，是炽热的灵魂在歌唱。去除内心的浮躁，静静地听听自己心的呼吸，感知一下最纯真的自己，那才是自己最真实的需求。

曾国藩认为：

"盖士人读书，第一要有志，第二要有识，第三要有恒。有志则断不甘为下流，有识则知学问无尽，不敢以一得知足，如河伯之观海，如井蛙之窥天，皆无识者也；有恒则断无不成之事。此三者缺一不可。"

求学之人，首先要立志。志一立，则可做到心神淡定，宁静致远。有识就是"博且专"，不仅仅是知识广博，还要做到精于一业。做到了"有志""有识"外，还要做到"有恒"，日积月累，厚积薄发，保持经久求学的精神力量。

艺术前路无涯,新路无尽。在文学的大道上,它需要的是深厚的文学功底与真见卓识。言为心声,虽然我永无机会专职从事文学写作,但我不以为憾,只求古人所说:"文以载道""文如其人"。

我与儿子合著的父子集《心海涛声》即将付梓,值此成书之时,衷心感谢多年来朋友的鼓励,编辑的劳动,家人的支持。

2009 年 1 月 4 日

谈公务员考试

　　1986 年的夏天,我懵懵懂懂参加了市级机关招录秘书考试,居然在激烈的竞争中胜出,于是便从县里一家工厂的工人成为市级机关干部。恍若"朝为田舍郎,暮登天子堂"。

　　那次招考主要是为市里四套班子选秘书,最终在近 1500 名报考者中录用了 29 人。一晃 20 多年过去,现在这拨人几乎都走上了领导岗位。

　　当时,公务员制度还没有出台,市里的这一人事制度改革举措是超前的。此前机关进人都是调配,像我这样的工人身份,既无关系,又无"靠山",想进机关工作谈何容易!

　　到了 1989 年 1 月,国家人事部和中共中央组织部才联合下发《关于国家行政机关补充工作人员实行考试办法的通知》,确立了"凡进必考"的原则。1994 年《国家公务员暂行条例》正式生效以后,政府机关工作人员录用考试才正式被称为公务员考试。2006 年 1 月 1 日起施行《中华人民共和国公务员法》,公务员不仅包括各级国家行政机关中除工勤人员以外的工作人员,而且包括各级党委、社会团体使用国家行政编制、由国家财政负担工资福利的机关以及立法、审判、检察机关中除工勤人员以外的工作人员。从 1994 年到 1999 年的 6 年中,报考中央机关的考生累计不过 4 万余人,报考人数与职位的比例大约是 10∶1。如今情况已经发生了很大的变化,报考比例已经增加到几十比一甚至几百比一。2009 年中央机关招考职位 1.35 万个,通过资格审查并经过现场确认的报考者 77.5 万人,报考比例达到 57∶1。甚至于某个职位,报考人数竟达到 4584人。2010 年度中央机关招考职位计划 1.5 万余人,估计报考人数将突破 130 万,报考比例将超过 80∶1。

这些年来,我一直从事人事编制工作,参与过无数次的公务员考试录用工作,当过主考官,命过题,到高校做过备考专题讲座,还担任过省首届公务员二级面试考官培训班班长,长期以来对国考和各地省考进行跟踪研究,重点研究公务员面试技术。

公务员录用考试是一种非常独特、非常科学的专门测试,无论是所采用的考试形式、命题方法,还是考试所涉及的知识广度、能力层次等,都与其他考试不同。测试内容通常包括知识素质、能力素质、心理素质、身体素质、品德素质。知识素质是基础,能力素质是关键,心理素质、身体素质是保障,品德素质是核心。因此,公务员考录流程设置为公共科目笔试(包括行政职业能力测验、申论、公共基础知识),面试和专业科目考试(面试通常采用结构化面试、无领导小组讨论、情景模拟等方式),体检,政审,公示,录用。

按招录级别公务员考试分为中央机关及其直属机构公务员考试和地方各级机关公务员考试。中央机关及其直属机构公务员的考试录用,由中央公务员主管部门负责组织;地方各级机关公务员的考试录用,由省级公务员主管部门负责组织,必要时省级公务员主管部门可以授权辖区的市级公务员主管部门组织。按考试性质公务员考试分为职位性考试和资格性考试。职位性考试与资格性考试的主要区别是:职位性考试是即时为补充特定的空缺职位而进行的考试,除经过笔试筛选外,还需随即进行面试、考核和体检,对合格者进行试用,最后才能决定能否转正。资格性考试不是获得具体职位的考试,而是为建立备选公务员队伍而进行的考试,这种考试一般只进行公共科目和专业科目的笔试,为考试合格者颁发公务员录用资格证书。只有在必要和可行的情况下,对笔试合格者进行面试和心理测试。录用持有公务员录用资格证书者进入公务员队伍，一般需依照规定进行包括面试或有关职位所需要的专门素质的测试、体检和考核在内的筛选。现行的中央机关及其直属机构公务员考试和地方各级机关公务员考试都采取职位性考试，原来有些地方采取资格性考试的也都取消了。

公务员考录笔试的公共科目主要有：行政职业能力倾向测验，申论，公共基础知识（现除江苏省等少数地方外都已取消以考查记忆力为主的公共基础知识考试）。根据公共科目笔试成绩从高分到低分按一定比例入围面试。中央机关及其直属机构公务员考试有公共科目笔试合格线（总分划线，行政职业能力划线，申论不划线），按招考职位计划数的1∶3～1∶5比例进入面试，本职位笔试合格人数不足的可进行岗位调剂。地方各级机关公务员考试笔试一般不划合格线，从高分到低分按1∶3比例进入面试。然后再按公共科目笔试成绩50%、面试和专业科目考试成绩50%的权重计算总分，以招考职位计划数1∶1的比例进入体检、政审，直至公示、录用。

"公开、平等、竞争、择优"的原则，是公务员考试录用工作的生命力。现在的公务员考试如此盛行，正是这种正式考试本身的魅力。公务员考试是除了高考以外规模最大的正规考试，在很多考试的考场都是形同虚设的社会情形下，年轻的大学应届毕业生，或者刚参加工作不久的年轻人，对这种考试充满着敬畏，对参加这种考试充满了激情。年轻人可以通过这一公开、公正、公平的考试来证明自己的实力，能给自己一个和其他人一决高下的机会，这也是公务员考试人气越来越旺的原因。要想顺利通过公务员考试，最好是充分做好准备，毕竟机遇永远是留给有准备的人的。

2009 年 12 月 20 日

一封来信

尊敬的市人事局各位领导：

你们好！

我叫陈××，我和我妻子都是下岗工人，是镇江的普通市民，虽说我们俩的父辈都是老干部，可由于战争年代他们出生入死，多次负伤，身体不好，早已过世。所以我们家庭生活拮据，更无背景，只有把希望寄托在女儿身上。

女儿2009年大学毕业后没有能立即找到工作，一边打零工，一边关注着市人事局的招聘信息。机会终于来了，她报考了市交通工程建设管理处的秘书岗位，第一轮笔试得了第一名。

我想，现在社会上都在找关系，我一点儿关系不找可能不行。通过人托人，给我们带来了一个信息：这个名额不可能给你女儿。当听到这个消息，女儿都不愿再参加面试了，她怕白白花费精力当个陪衬。我们怪自己无能没有关系帮女儿，但还是劝女儿继续参加考试，就算是"练兵"吧。

令我们没有想到的是，经过面试、政审、体检，女儿最终被录用了，你们知道我们是多么高兴啊！

各位领导，我们全家从内心感谢你们，敬佩你们！因为你们做到了公开、公平、公正。你们是党的好干部，人民的好公仆！在这寒冬里，党的和煦的阳光照在我们普通老百姓的身上，感到分外温暖！

今特写此信，只是向你们表示衷心的感谢！感谢你们在工作中真正做到了公开、公正、公平！这是一件既容易又不容易做到的事。

祝各位领导工作顺利，身体健康，家庭幸福！

致

礼！

市民：陈××
2010 年 1 月 16 日

这是一封普通的群众来信，反映了考生家长五味杂陈的心路历程，折射出人事考试的公正、公平。

随着公务员"凡进必考"制度的推行和事业单位全面实行公开招聘，人事考试已成为当前选人用人的主要渠道，成为人事制度改革的重要内容，体现了人事制度从"人治"到"法治"的根本性转变。

"人事""人治"并非天然的孪生兄弟。然而，人事工作特别是选人、用人、进人一直蒙着一层神秘的面纱，很多时候都是领导说了算，暗箱操作，"拉关系、走后门"已成为一种普遍的认同和固定的思维模式，人们见怪不怪。人事考试的全面推行，彻底摈弃了这些弊端，不仅深受人民群众的欢迎，也把领导从人情网的中心解脱出来，弘扬了人事工作正气，促进和实现了社会公平和公正。

人事考试制度的核心就是"公开、平等、竞争、择优"。在考录过程中，实行了招考政策、录用计划、招考职位、资格条件、考录程序、考录结果公开，人们形象地将它称为"玻璃房子里面的竞争"。

实现公平、正义，首先要做到规则公平，努力实现机会均等，给每个人创造公正平等的参与机会，让所有参加招录考试的人在考试面前人人平等，打破身份、地域等方面的限制，体现出人事考试制度自身的公正性和优越性。

有些考生及其家长对人事考试的公平性、公正性心存疑虑，担心家里没有"关系"、没有"门子"，即使笔试成绩很高，面试表现再好也没用。这是因为人们对人事考试的考录机制还缺乏全面深入的了解和正确的认识。

就拿公务员录用考试来说，人们现在称其为"天下第一考"，经过20多年的不断完善，采取各种措施，从程序上杜绝了暗箱操作的发生，真正做到了"招呼"打不成、"条子"递不进、"关系"用不上、"人情"做不了。

公务员录用考试属于公务员入门的职位性考试，不仅要测试与拟任职位相关的各种知识，更突出测查应试者的能力。从笔试的科目、内容设计来看，行政职业能力测验经多年探索已基本成型，主要测查应试者与公务员职业密切相关的基本素质和言语理解表达能力、判断推理能力、数字理解能力、资料分析能力、常识判断能力等；申论主要通过应试者对给定材料的分析、概括、提炼、加工等，测查其解决实际问题的能力，以及阅读理解能力、综合分析能力、文字表达能力等；起初的笔试公共科目中以考查记忆力为主的公共知识考试大都已取消，一些部门的专业科目考试正逐步规范。面试是公务员录用考试的重要环节，主要测查应试者的求职动机和拟任岗位匹配性、综合分析能力、计划组织协调能力、人际交往意识与技巧、应变能力、自我情绪控制能力、言语表达能力、举止仪表等。在完善结构化面试方法的同时，积极应用了无领导小组讨论、情景模拟测验、文件筐作业等新的测评技术，提高了面试的有效性。

针对所有人关注的最可能出现"招录腐败"的面试环节，设计了更加严谨规范的程序，以确保将人为因素降到最低。采取考官和考生"双抽签""体操打分法"、当场亮分等方式，保证了面试的公平、公正；建立面试考官资格制度，普遍开展面试考官培训，推行考官持证上岗制度，加强了考官队伍建设；探索实行面试公民旁听、面试考官异地交流等制度，加强了对面试的监督。随着公务员考录制度的不断完善，公务员考录将更加透明和公平。

从社会反映看，公开招录工作实行至今，得到了社会广泛的支持和认可，"凡进必考"的观念已深入人心。但也有些用人单位的领导对公开招考制度不甚认同，觉得考进来的人不顶用，实际工作能力还比不上自己相中的人。不可否认，这种情况也许或多或少确实存在。但这不是考试制度本身的问题,只是目前有些考试的方法和内容还不够科学合理,与岗位要求还不相符合。应该讲,"卷子总比条子好""考官总比跑官强"。

公平与正义,其实有两层含义:程序公正与实质公正。招录考试的规范化主要解决制度设计中的程序问题,实现用人上的公平正义;科学化主要解决方法技术设计中的择优问题,把人选准选好,确保优秀人才脱颖而出。考录工作要想科学发展,就要统筹解决考录的公平性和科学性问题,在规则公平的基础上,要把提高考试的科学化水平作为重点来抓,形成一套具有较强公平性、科学性和客观性的评价标准和评价体系。

2010 年 2 月 2 日

书本之外的公考面试

最近在网上看到一个帖子:"某地惊现7天5万天价公考面试培训"。培训班的广告宣传语是"面试包过,不过退款"。这句广告语,不知道让多少进入考录公务员面试范围的考生与家长动心,而"包过"的背后却是天价收费。虽然有培训机构推出高达近5万元的天价公考面试辅导班,但报名依然火爆,甚至很多人因为报名晚了没报上而感到遗憾。天价"包过"培训班究竟是怎么培训学员的,培训内容是否真的与天价相符? 不得而知。其实,能不能过,关键在考生的综合素质。

面试是测查和评价人员能力素质的一种考试活动。考录公务员面试是一种经过组织者精心设计,在特定场景下,以考官对考生的面对面交谈与观察为主要手段,由表及里测评考生的知识、能力、经验等有关素质的一种考试活动。在公开考录公务员工作中,笔试、面试、考核是测试与考查应试者知识素质、能力素质、工作业绩和品德等三个不可缺少的组成部分,作为中间环节,面试是测评公务员能力素质最直接、最有效的途径。相对笔试,面试更倾向于考察考生的综合素质。

素质的基本要素是知识和能力,素质是个属概念,知识和能力则是种概念,是素质中的具体内容。知识是能力的基础,能力是素质的表现。知识和能力是构成素质的主要成分。知识与能力之间虽有联系,但也有区别。所谓区别,是指知识和能力是两个不同的概念,各自有着不同的内容,彼此不能画等号。

培根有句名言:

"知识本身并没有告诉人怎样运用,运用的智慧在书本之外。"

其实,知识和运用知识是两个概念,知识本身仅仅是工具而已,而运用知识则是能力。有些知识我们可能不感兴趣,但可以记忆它,贮存它,当需要的时候就可调用它。而调用知识、运用知识就是能力了。因此,知识仅仅是手段,是我们获取新知识、理解新知识的工具,而运用知识构成的智慧才是最终目的。能力是智慧的别称,智慧是由学习、思考和做人三种能力构成的。

曾经有人这么比喻智慧与知识的区别:

"知识会老去,而智慧之树则常青。知识犹如树叶,智慧则是年轮;知识如是豆浆,智慧就是卤水。岁月会把一层厚厚的尘埃蒙在知识上,使它失去光泽,变得陈旧老化,而智慧是永远青翠欲滴,绿意盎然的。"

智慧来源于知识,也产生知识,并且高于知识。

洛克菲勒曾对他的儿子这样说:

"知识是外在的,是我们对所见事物的认识;智慧则是内涵的,是我们对无形事物的了解。只有二者兼备,你才能成为一个全面发展的人。"

光有知识而不懂得应用,那么他的知识将是毫无价值的,甚至是有害的。知识是人的肉体,能力犹如人的灵魂。反过来说,一个人的天赋很高,做什么事情都有很强的悟性,但如果没有知识的支配,那么他的天赋就成了无源之水。一个人只有将知识跟能力很好地结合起来,才能全面发展。

马谡"失街亭"是历史上纸上谈兵的经典案例之一。马谡少时素有才名,和兄长们并称为"马氏五常"。与马良曾同为荆州从事,刘备入川时,马谡跟随大军同行,史书云其长于战争理论、战略部署和战术安排,但是缺乏实战经验。街亭一战中,他担任先锋,不听取副将王平的建言,一意孤行,犯了兵家大忌,导致蜀军惨败。由于他立下了军令状,诸葛亮不得不将他处死以正军法,便有了"挥泪斩马谡"。造成这一后果的原因之一就是诸葛亮错误地把才与能混为一谈。其实才是反映人的学识水平,能是要求实际操作能力。马谡虽自幼熟读兵书,颇知兵法,但兵法理论给马谡的把握只限于理论层面而非实战层面。岂不知熟读兵书并不等于活用兵法,认识问题并不等于解决问题。古人说,死读书等于无书。马谡的问题,并不在于他饱读兵书,而在于死读兵书。

掌握知识的目的在于应用知识解决具体问题。一个人掌握的知识越多,并不意味着解决问题的能力越强。有时即使头脑中具备了解决某一问题的全部知识,也不能保证这个问题就能得到解决。有些人掌握知识灵活,有些人掌握知识死板僵化。面试能力测试强调对知识的理解和消化,使之成为人的不可分割的有机组成部分,仅仅机械记忆而没有消化和利用的知识,并不能内化为人的素质。素质的核心是能力和价值观。由于能力是在各种活动中体现的,因此能力是素质的外显形式,素质诉诸实践就表现为能力,离开能力,素质就无从表现、观察、确证和把握。所谓能力,通常指完成一定活动的本领。包括完成一定活动的具体方式,以及顺利完成一定活动所必需的心理特征。或者说,人的能力就是人的力量,人的能力的大小就是人的力量的大小。在马克思看来,人的能力就是"人的本质力量"。

考录公务员是一种能力考试,不是知识考试,侧重于考生平时的知识积累和综合素质和能力的提高,这种能力并不能通过死记硬背和临时突击来提高,功夫应该下到平常,靠一点一滴地积累。一个人的能力也不是一场考试就能测试出来的。公务员考录有多个环节,包括资格审查、笔试、面试、考察、体检和试用等,由此能全面深入地了解应试者的能力。衡量备考效果的关键不是掌握了多少知识点,而在于是否掌握了有针对性的解题思路和解题方法。

从小学到大学，在十几年的校园学习过程中，人们已经习惯了传统的考试程序，并且找到了许多卓有成效的学习和应考方法。在这种传统的学校考试中，核心就是考查专门知识，一张试卷，要么是语文，要么是数学，知识范围确定，考试时间充裕，只要认真复习，掌握了规定的知识点，许多学生都可以从容地获得高分甚至满分。但是，录用公务员考试的事实已经反复证明，用学校考试的复习备考方法去应付公务员考试显然不行。许多高才生曾经豪情满怀地走进公考考场，往往灰溜溜地败下阵来。

面试是对应试者的能力素质和个性品质的测评。同笔试相比，面试的评价往往带有较强的主观性，不像笔试那样有明确的客观标准。面试的一个重要特点是："要素评分为主，要点评分为辅"。同时，用应试者当时的行为来预测其未来的行为。面试突出"问""听""察""析""判"的综合性特色，包括口头语言的测评和对非口头语言行为的综合分析、推理与判断。在面试中，考官正是通过观察应试者的语言行为（应试者所说的）和非语言行为（应试者的表情、行为举止等），来推测和判断应试者的能力和个性品质。回答这些题目需要考生具备综合分析能力、计划组织协调能力、人际交往沟通能力、应变能力、自我情绪控制能力、言语表达能力、业务素质能力等，单纯地靠"死记硬背"在这些问题上是取不到好分数的。

录用公务员考试的最终目的是考查考生的真实素质和能力，确保录取的公务员符合国家和人民对公务员素质的要求。考试的成绩和结果是考生自身素质和能力的综合体现。要将知识转化为能力，就必须以创新的精神，在实践中对所学知识进行消化，使之成为滋长智能的营养。知识向能力的转化能否实现，关键取决于转化的条件。一方面，考生要合理利用现有资源，借力而行；另一方面，也是更关键的一方面，考生自己要积极发挥主观能动性，尽可能地挖掘自身潜力，向公务员要求的素质和能力看齐。

2010 年 6 月 8 日

公考"算盘"题与发散性思维

"算盘是我国传统的计算工具。面对算盘,请你尽可能多地列举与公务员工作相关的词组。"

这是 2010 年江苏省考试录用公务员面试的一道题目。这道算盘考题,看起来简单,却考蒙了不少考生。

这是一个比较个性化的考题,出题者的思路非常巧妙。实际上是通过考生对算盘与公务员工作关联性的发散性思维,考察考生的创新意识和社会认知能力。

人的思维过程有两种类型:发散性思维和聚合性思维。聚合性思维,又叫幅合思维、求同思维,就是利用全部已知信息做出一个答案。发散性思维,又称扩散性思维、辐射性思维、求异思维,它是一种从不同的方向、途径和角度去设想,探求多种答案,最终使问题获得圆满解决的思维方法。

发散性思维是一种重要的创造性思维,具有流畅性、多端性、灵活性、新颖性和精细性等特点,要有丰富的联想,并对联想到的知识点进行组合、选择,使之与解决问题所提供的信息要求相关。

发散性思维是指思维轨迹的多向发展,从某一点出发,进行放射性联想,追求解决问题的多种途径,寻求解决问题的多种方法,取得问题的多个答案;是一种不依常规、不受已有知识局限、不受传统方式束缚、寻求变异的思维方法。要充分发挥人的想象力,突破原有的知识圈,从一点向四面八方想开去,并通过知识、观念的重新组合,寻找更新更多的设想、答案或方法。既能主动灵活地转换思考问题的方式,从每个角度对话题展开立体分析,又能在问题思考时摆脱传统思维定式的约束。这样分析问题可以从多角度入手,再选择最佳的角度。

"算盘和公务员工作有何关联"的考题,可以联想的很多。考生要对题目给出的材料信息从不同角度、向不同方向、用不同方法或途径进行分析和理解,通过纵横发散,使知识串联、综合沟通,达到举一反三。无论是联想还是寓意都要注意紧扣算盘的形状功能和公务员工作的特点,所列词组需体现与公务员工作的关联性、匹配性。这道题在考查考生的发散性思维的同时,也要求考生对公务员工作的性质、职责等有充分的认知,两者缺一不可。

据考官回忆,这道题的评分参考要点列举了8项,比如:

等级有序——各司其职;摆正位置——工作不越位;能上能下——服从安排;熟能生巧——勤学苦练;精打细算——勤俭节约;团队精神——不打个人小算盘;积极主动——不当算盘珠,不拨不动;传承创新——与时俱进;等等。

只要考生答出5个或以上就算优;答出3~4个属中;答出2个或以下属差。如果考生所想到的词汇不在评分参考要点中,但解释合理,能自圆其说,也可以给分。

公考"算盘"题,看似简单,但要答好却要费一番工夫。训练培养发散性思维是一个人提升能力素质的重要方面,不依常规,寻求变异,更是改革创新的时代要求。

2010年6月30日

星光照耀人才广场

在江苏省镇江市市区风光秀丽的古运河畔、宝塔山下,刚落成的江苏省苏南人力资源市场,为城市发展增添了新的活力,也为城市形象增添了新的光彩。而位于大楼东南侧面积近4000平方米的开放式人才广场,则成为整个工程的亮点,格外引人瞩目。

走进人才广场,洋溢着生态之美的景观绿化,错落有致,令人赏心悦目;顺着河堤拾级而下,弧形亲水平台,曲线流畅,优美和谐;掩映在绿树丛中的文化墙上,浮雕影壁以其深刻的文化内涵,概括镇江源远流长的历史,给人以遐想和启迪。

在人们为人才广场建设成就喝彩的时候,请将镜头拉回到建设之初,让我们围绕人才广场,在逐一检索创意、决策、建造中,回味一幕幕动人的故事……

建设方案的决策

镇江是一座有山有水的城市,青山绿水是镇江拥有的丰厚自然资源,生生不息的镇江人,用自己的聪明才智和勤劳双手,建设家园,彰显山水花园城市的特色和个性。近年来,市委、市政府围绕建设绿色镇江、园林镇江、生态镇江的目标,遵循"以山凸显城市雄秀,以水展现城市灵动,以绿体现城市活力,以史展示城市底蕴"的建设思路,在建成区近80平方公里的画稿上,精心规划,合理布局,浓墨重彩,展示出后发先至的雄心和以人为本的理念。在新一轮跨越发展中,兴建人才广场是历史赋予镇江的一次千载难逢的大好机遇!

2008 年 4 月 3 日,这是一个值得记住的日子。当晚,在市政府常务会议室,原市人事局领导向市委、市政府主要领导专题汇报"江苏省苏南人力资源市场"筹建方案。

人力资源市场是人力资源配置市场化的有效载体和主要途径,是最具活力、最具潜力的要素市场。市委、市政府领导高度重视人才市场建设项目。早在 2002 年,政府工作报告中就明确提出了高标准建设人才市场新大楼的要求;2003 年,市场用地拆迁、规划设计已完成;2004 年,人才市场建设项目纳入市政府为民办实事工程之一;2006 年,市财政安排 750 万元基建专款到账。后由于种种原因,人才市场一直未能开工建设。

进入新世纪以来,南京、苏州、常州、泰州、昆山等周边城市新建的人才市场相继落成并投入使用,而镇江人才市场固定场所建设则在全省明显滞后。与日益发展的人才服务业相比,缺少一个与经济社会发展相适应的、具有相当规模的独立市场,而临时租赁的人才市场场所,基础设施陈旧,面积较小,这成为制约镇江市场化配置人才和服务人才的瓶颈。因此,加快建设镇江市人才发展服务平台显得尤为必要和迫切。

2008 年初,经过慎重研究,原市人事局加快推进人力资源市场建设。春节后,及时组建了基建办,完善原建设规划设计方案。3 月 20 日,在原省人事厅的关心支持下,正式批复同意在镇江组建"江苏省苏南人力资源市场",市场的日常管理、运作由原镇江市人事局负责。

新建的苏南人力资源市场(人才大厦)位于镇江市运河路 100 号,丁卯桥路和宝塔山路的交叉口,占地 10.308 亩,约 6900 平方米。该地段山水天成,风景秀美,紧邻高校和丁卯开发区,交通十分便利。

苏南人力资源市场功能定位为:立足镇江,面向苏南,融入长三角,建立统一规范的人力资源市场,构建人力资源市场配置、公共就业管理服务、信息化网络服务、人力资源能力建设、高层次人才服务、人力资源社会保障等六大服务系统,打造镇江和苏南地区各类人才的集聚地和信息港,为用人单位和各类人才提供服务,为更好实施人才强市战略、促进镇江又好又快发展提供人才支撑和保障。

市委、市政府主要领导认真听取和研究了原市人事局的专题汇报,基本同意了"江苏省苏南人力资源市场"建设项目的设想和构思。并明确表态,建设资金由财政拨款和原人事局自筹构成。资金缺口1000万元,2009年起列入财政预算分期拨款解决。但同时要求,在大楼的东南侧,结合古运河风光带整治,统一规划,资源共享,并增加"亲水平台",提升文化品位,建设开放式的人才广场。这是提升镇江城市形象的大手笔,也是丰富人文内涵的代表作。人才广场建设方案,就这样在决策层一锤定音。人才广场,在机遇中诞生,也将在开发中成长。

拓展空间的跨越

《易经》云:

> "在天成象,在地成形,变化见矣。"

古人认为,谋事在人,成事在天。其实不然,谋事在人,成事也在人。但成事需要有迎难而上、攻坚克难、追求卓越的精神。站在对历史负责、对人民负责的高度,追求精品工程、打造精品工程,为历史留下遗产,不留下遗憾,是人才广场建设者的崇高职责和无限追求。

2008年9月5日,"江苏省苏南人力资源市场"工程破土动工,2009年8月28日大楼主体封顶。由于临时租赁的人才市场场所的合同期限截至2010年6月底,必须以只争朝夕的建设速度,确保人才大厦在此之前投入使用。

2009年前后,随着政府机构大部制改革的推进,人才、劳动力、高校毕业生就业市场实行"三场合一",建立统一规范的人力资源市场,已是大势所趋,势在必行。局党组审时度势,反复论证,对正在建设的"江苏省苏南人力资源市场",及时调整其规模、功能、布局结构,扩建人才广场,地下停车场由 2400 平方米增加到 3700 平方米,建筑面积由 16600 平方米增加到 18130 平方米,投资规模增加到 1.2 亿元。

此时,扩建人才广场,并不似人们所想象的那样一帆风顺。其间的艰难,对决策者和建设者来说,无疑是一个严峻的考验。面对来自各方面的压力,局党组没有退缩,没有让步,而是迎着困难向前!

2009 年 12 月,考虑到人才广场绿化面积偏小,且紧挨人才广场的破旧的一幢居民楼与整体环境极不协调,经市领导和市规划、建设、国土、水利部门同意,局党组研究决定,自筹资金 1300 万元对该楼进行整体拆迁,新增的近 1000 平方米划拨土地进行公共绿化,扩大人才广场空间。

2010 年 2 月 9 日,新组建镇江市人力资源和社会保障局,局领导班子成员共同研究,进一步优化、完善人才广场规划设计,努力做到高起点、高标准、高品位。

2010 年 3 月,居民楼拆迁进入攻坚阶段。建设者们把确保群众成为拆迁工程的最大受益者作为第一追求,把维护群众利益作为第一导向,把老百姓的回迁安置作为做决策想问题的第一考虑,以人为本,依法拆迁,阳光操作。基建办同志与运河社区干部逐户上门听取意见,耐心细致做好 20 户居民的思想工作,解释拆迁政策,依法和谐拆迁,使人才广场建设得以顺利实施,筑起了一座记录攻坚克难、追求卓越的精神丰碑,得到社会各界的交口称誉。

2010 年 6 月底,人才大厦装修如期完工,并交付使用。人才广场建设全面提速,亲水平台正在加紧施工。过去的卫生死角、杂乱无序、断墙残垣,被敞亮的绿地取而代之;曾经日夜奋战的拆迁场地、建设工地,已然芳草遍地,绿树成荫,满目青翠。一个造型优美、景观和谐、生机盎然的人才广场雏形就这样诗情画意地展现在人们面前。

文化内涵的提升

镇江有着三千多年的历史文化底蕴,历代人才辈出,精英云集,这里的山山水水都诉说着耐人寻味的悠久和辉煌。镇江同其他城市一样,夜晚的天空,满天星斗,明月高悬。不同的是,有三颗小行星对镇江格外垂青,它们烛照着日益繁华富饶的镇江大地,亘古不变。这便是以祖冲之、沈括、茅以升名字命名的小行星,可谓三星高照。在建设人才广场之时,建设者们不仅充分考虑广场的绿化和活动空间,更在精心打造广场文化内涵上下功夫,使城市的个性、文化品格和人才主题得以完美体现。

为把人才广场建成古城镇江的一张靓丽城市名片,人才广场在建设过程中,规划设计方案经过反复酝酿、几易其稿,日臻完善。

当针对人才广场的规划设计,规划小组向镇江市历史文化名城研究会专项咨询征求意见时,曾担任过镇江市委书记、市人大常委会主任的镇江市历史文化名城研究会会长提出,人才广场的内涵是什么?要在广场中体现文化、反映文化、创新文化,同时文化在广场中要体现广场的特征和广场的功能,让文化在广场中得到充分的表现。

老领导具有远见卓识的见解得到了大家的认同,人才广场设计方案采纳了他的意见重新修改。在广场中设计建造了三道六面的"三星"石刻浮雕文化墙,让富有生命力的人文精神与广场环境有机融合,凸显镇江独特的文化底蕴和人文精神,其艺术表现力较好地塑造了人才广场之魂。

与镇江密切相关的"祖冲之星""沈括星""茅以升星",是镇江人引以为豪的科技三星。

圆周率的发明者祖冲之(公元 429 - 500 年),是我国古代伟大的数学家、天文学家和物理学家,于公元 461 - 464 年在镇江(时称南徐州)做过官,他在天文历法和数学方面的重大发明,都是在镇江任职期间完成的。为纪念这位伟大的古代科学家,国际天文学界将月球背面的一座环形山命名为"祖冲之山",把小行星 1888 号命名为"祖冲之星"。

"十一世纪科学发展的坐标"沈括(公元 1031 – 1095 年),是北宋科学家、政治家,从元祐三年到绍圣二年(公元 1088 – 1095 年)晚年在润州(今镇江)筑梦溪园隐居,用 8 年时间写成《梦溪笔谈》。1979 年 7 月 1 日,为纪念沈括,中国科学院紫金山天文台将 1964 年 11 月 9 日发现的一颗小行星 2027 号命名为"沈括星"。

中国桥梁之父茅以升(1896 – 1989 年),镇江人,1919 年 10 月在美国获得博士学位,他的论文《桥梁框架之次应力》的科学创见,被人们称为"茅氏定律",有人高薪聘他留在美国,但是他却怀着"我的事业在中国"的赤子之心,毅然回到贫穷动荡的祖国,尽毕生之力,为现代桥梁工程建设和科技、教育、科普事业做出了卓越贡献。2006 年 1 月 9 日,茅以升先生诞辰 110 周年纪念日,中国科学院国家天文台宣布,将 1997 年 1 月 9 日发现的一颗小行星 18550 号命名为"茅以升星"。

"三星"极富时代精神。三位古今优秀人才,有的是镇江人,有的长期侨居镇江,有的在镇江的任上有着伟大的发明。就学历而言,茅以升是博士,沈括是进士,而祖冲之却是"自学成才",但他们都有着共同的热爱科技事业的奉献精神,他们的杰出成就永远激励和鼓舞着后人。当今科学技术迅猛发展,人才成为第一资源,而"三星"所代表的科学精神,值得人们继承创新,不断发扬光大。

"天行健,君子以自强不息。"

"士不可以不弘毅,任重而道远。"

"我劝天公重抖擞,不拘一格降人才。"

……

人才广场上"三星"浮雕墙的背面,镌刻着古今中外有关人才的诗词或语录,还有龚自珍诗碑。

本土文化,地域特色,时代特征,孕育出人才广场独特的风格内涵。把握人才主题,改善生态环境,塑造城市形象,提高城市品位,优化城市空间,是人才广场建设的目的,也是设计者追求的终极目标。

星光熠熠的人才广场,犹如城市的"眼睛",透过"心灵的窗户",让人们了解城市的历史、现在和未来,品味人与自然、人与历史的和谐相处。

2010 年 7 月 30 日

能力与责任心

　　龙小语编著的《三分能力七分责任》一书，传递着这样一种理念：在工作中，人的能力虽然是非常重要的，但是对工作的责任心却是更为重要的。在评价一个人的时候，能力占到三分，而责任要占到七分。当然，强调责任不意味着可以忽视能力，一个人的责任感只有在自身能力的展示中才会得到淋漓尽致的体现。责任与能力并存的人才是最受欢迎的人才。

　　责任心也即责任感，是自觉履行职责的一种态度和工作方式，是促使人们完成使命的情绪，是人们安身立命的基础，是对相应的事情负责任。比尔·盖茨说：

　　"人可以不伟大，但不可以没有责任心。"

　　在现代社会职场日趋激烈的竞争中，人才之间的较量，早已突破了以前单纯的能力对比的范畴，已逐渐向道德品质方面的对比渗透和延伸。也许你的能力很强，或许你的文凭更高，可往往责任感更受企业的重视。责任意识在一个员工能力发挥的问题上起着关键性的作用。一个毫无责任感的员工，就算能力再强，其成绩终归有限；只有富于责任感的员工，才能使自己的能力发挥到极致，真正实现自我价值。

　　一位大公司的老板曾经讲过这样的故事：

　　有人来他公司应聘，经过交谈，他觉得此人其实并不适合公司的工作，因此，他很客气地和应聘者道别。应聘者从椅子上站起来的时候，手指不小心被椅子上冒出来的钉子划了一下。应聘者顺手拿起老板桌子上的镇纸，把钉子敲了进去，然后和老板道别。就在这一刻，老板突然改变了主意，他留下了这个人。事后，这位老板说："我知道在业务上他也许未必适合本公司，但他的责任心的确令我欣赏，把公司交给这样的人我会很放心。"

虽然这是应聘中经常讲的老掉牙的小故事，但由此可见，责任心确实是一种很重要的素质，正是这种素质帮助这位应聘者赢得了一份好工作。

十多年来，我曾多次担任公务员和事业单位工作人员招考的面试主提问和命题考官，但在面试中却很少涉及对考生的责任心的测评。可能是求职动机与拟任职位匹配性这一测评要素的题型大多是背景性问题，为避免考生泄露自己的身份信息而因噎废食。其实，责任心对一个人履行岗位职责至关重要。一个人是不是人才，是不是有能力固然很关键，但最关键的是要有负责任的态度。责任心胜于能力不容否认。有责任心可以弥补能力的不足，从而逐步提高自己的能力；而有能力的人，如果没有责任心，是很难把事情做到很好的。对于公务员和事业单位工作人员来说，在工作中并非所有的岗位都要你具备超人的能力，但不论你在什么岗位都必须要有一颗强烈的责任心；不论你是一名默默无闻的办事员，还是大权在握的领导者，凡事都应尽心尽力而为。只有这样才能更好地服务社会，履行好自己应尽的职责。

责任心是一面能让你看到自己心灵的明镜，能折射出你的灵魂。其实做一个有责任心的人并不难，每件事不管大小、难易，都用一种负责任的态度去尽力做，就会成为一个有责任心的人。无论你从事的是什么样的工作，只要能认真地、主动地担负起责任，就会获得尊重和敬意。有的责任担当起来很难，有的却很容易，无论难还是易，不在于工作是什么，而在于做事的人。态度决定一切，责任感决定一切。

责任心体现在对待细微事情的态度上。歌德曾说：

"决定一个人的一生，以及整个命运的，只是一瞬间。"

这一瞬之间指的就是做事的态度，对待小事的态度。

有这样一件平常而真实的事，让我们看看是怎样来体现一个人的工作责任心的。

前不久，单位要召开班子成员民主生活会，一天我接到本局人事处工作人员小朱的电话，问民主生活会发言提纲写好了没有，今天下班之前要交稿。

年初两局刚合并，单位的人头我还弄不清，我迅速在大脑记忆中搜索了一番。小朱，人事处……想起来了。记得有次开会研究单位内部人事调整，说到把小朱安排到人事处，当时有的领导提出，小朱文字功底不错，安排到人事处是不是有点大材小用了；后来了解到，小朱是学中文的，硕士研究生毕业，但名字我没记住。

接完电话，匆匆起草发言提纲。临交稿时发现还有四处小差错，正想着要重新修改打印，突然灵机一动，闪出个念头：何不放上"苍蝇"，就此测试一下人事处工作人员的责任心和文字水平。

过了几天，我接到小朱的电话，说民主生活会发言材料要上报，有关内容需要与我确认一下。但那几天我不是有会就是有其他工作安排，一直相互没能碰面。

到了上报材料截止的那天，小朱又来了电话，说下午材料就得报出，马上到我办公室把填报内容请我过下目。我接过材料从头到尾瞄了一眼，四处差错一处不少地已经全部改正过来。我说，行，就这样吧。

其他什么话也不用说。其实，当时我手头已备好改正稿，但也用不着了。

做一个有责任心的人就是从身边的小事做起，养成对待任何事都负责的习惯，对小事负责的人才可能承担更大的责任。老子曾说：

"天下难事，必做于易；天下大事，必做于细。"

生活的一切都是由细节构成的，如果一切归于有序，决定成败的必将是微若沙砾的细节。细节的竞争才是最终和最高的竞争层面。

三百六十行，各有各的行规，但唯一相同的标准就是忠于职责。发自内心的责任感并不是为了获得别人的赞赏，而是义务和职责的履行。履行责任并不意味着一定要做出惊人的伟业，普通人的普通工作也需要负责任地完成。养成负责任的精神，养成积极主动的工作习惯，将是我们享用一生的财富！

2010 年 10 月 7 日

后　记

　　《千里千寻》这是我继 2009 年出版的父子集《心海涛声》(中国人事出版社)后的第二本散文随笔集,这里面除了收录了前书中部分篇章外,新增了 2009 年以后发表的作品,是从 1992 年至 2013 年期间,我在报纸、期刊上公开发表的文学作品的结集。我只是把它看作是对自己多年来的心路历程和人生感悟的一次阶段性小结,谨以此献给给予我真诚帮助的朋友和关爱我的家人。

　　与儿子马千里合著的父子集《心海涛声》问世后,令我没想到的是,居然得到了社会上不同层面的一些读者的赞同和认可。对我来说,这是一种鞭策和激励,也是出版这本集子的动力和源泉。在此,对帮助过我的文师学友,以及热心的读者表示衷心的感谢。

　　生命似水,岁月如歌。经历过岁月的磨砺,得失成败皆成过眼烟云,在工作之余,弥足珍贵地保留了一份闲适、诗意的心境,守望着那一片精神家园。对于过了知天命之年的我来说,写作是没有功利可言的,既不为谋食,也不为谋权,只是出于对文学的钟爱,撰文为乐,留驻一份今世不枉为万物之灵的情趣癖好。一个人除了工作,有那么一点爱好,人生就会多一个亲密而浪漫的伴侣,陪伴你走过一个个日夜交替时刻穿梭的缤纷四季。

　　文学创作说到底是一种生命的访问、灵魂的对接和精神的契合,文学永远是对人的生存状态特别是对人的精神状态的写照与思考。诗意是散文的一种境界和美文的一个标准。所谓的诗意,我的理解,不过是一种语境,一种在行文中展开的心灵特质和所营造的氛围。但它决不只有轻灵一种,它更多的应该具有穿透灵魂、凝重生命和连同灵魂的浑厚、大气,以及悲悯精神。我因此选择了散文随笔这一自由纯真美丽宽容的心灵载体,这是我精神生活中的一块芳草地,鲜绿而美丽,儒雅又知心。

回顾这么多年对写作的不懈努力和坚持,除了释放和追寻,所有的历练都会成为生命的营养和财富,它让灵魂变得轻盈,让生命变得厚重,让内心变得温情而美好。作为一种自我表达的方式,写作是一种安静的倾诉,或者说置身于一种安静的环境中滋生而出的表达,它远离了喧嚣和嘈杂,面对世界的风情万种,保持一种恬静、淡然的心境,心底无拘无束地流淌着一条清澈的小河,心灵中寻找一种自由的倾诉、一种自然的表达。在这样一个创作与不断创作的过程中,不仅释放了情绪,同时也能感知灵魂的对话,这无论于人生还是文学而言,终究会有所意义,都是值得纪念与缅怀的。

《千里千寻》几十篇散文随笔,是真情实感的流露,记录着深深浅浅的足迹,刻画着生活之树的年轮。文章里面有我的生活,我的情感,我的思考和我的自白,总之是对我岁月流逝的真实记录。浅浅的文字,淡淡的情愫,折射出对生活的热爱,对人生的信念。

于 2013 年 11 月 28 日

图书在版编目(CIP)数据

千里千寻/马进著. —镇江：江苏大学出版社，
2014.4(2016.9重印)
ISBN 978-7-81130-708-5

Ⅰ.①千… Ⅱ.①马… Ⅲ.①散文集－中国－当代
Ⅳ.①I267

中国版本图书馆 CIP 数据核字(2014)第 063178 号

千里千寻

著　　者/马　进
责任编辑/常　钰
出版发行/江苏大学出版社
地　　址/江苏省镇江市梦溪园巷 30 号(邮编：212003)
电　　话/0511-84446464(传真)
网　　址/http：//press.ujs.edu.cn
排　　版/镇江文苑制版印刷有限责任公司
印　　刷/江苏凤凰数码印务有限公司
经　　销/江苏省新华书店
开　　本/718 mm×1 000 mm　1/16
印　　张/11.5
字　　数/158 千字
版　　次/2014 年 4 月第 1 版　2016 年 9 月第 3 次印刷
书　　号/ISBN 978-7-81130-708-5
定　　价/38.00 元

如有印装质量问题请与本社营销部联系(电话：0511-84440882)